T0178867

La diabla en el espejo

La diabla en el espejo

HORACIO CASTELLANOS MOYA

LITERATURA RANDOM HOUSE

Primera edición: septiembre de 2020

© 2000, Horacio Castellanos Moya
Reservados todos los derechos
© 2020, Penguin Random House Grupo Editorial, S. A. U.
Travessera de Gràcia, 47-49. 08021 Barcelona

Printed in Spain – Impreso en España

ISBN: 978-84-397-3587-8
Depósito legal: B-8.109-2020

Compuesto en La Nueva Edimac, S. L.
Impreso en Egedsa (Sabadell, Barcelona)

RH35878

Penguin
Random House
Grupo Editorial

ÍNDICE

A Tania Mata Parducci, Otoniel Martínez y Patricia Ardón,
Lucrecia Ardón, Ana Tomico

1

EL VELORIO

No es posible que una tragedia semejante haya sucedido, niña. Yo estuve con Olga María casi toda la mañana, en la boutique de Villas Españolas, mientras ella revisaba un pedido que acababa de llegar. Es increíble. No termino de creerlo; parece una pesadilla. No sé por qué tardan tanto en prepararla: ya son las cinco y media y no sacan el cadáver. Es que el juez se tardó un mundo en llegar a reconocerla. Un desgraciado ese juez. Y la pobre ahí tirada, en el piso de la sala, mientras el montón de curiosos entraba a la casa. Espantoso. A mí me avisaron casi de inmediato: Sergio, el hermano de Olga María, telefoneó a mi casa para decirme que había sucedido una desgracia, que habían herido de muerte a Olga María en un intento de asalto. Así dijo: «herido de muerte». Yo no podía creerlo: una hora y media atrás había estado con ella. Salimos juntas de la boutique hacia el estacionamiento. Ella dijo que iría a recoger a las niñas al colegio y que me telefonearía en la tarde. Por eso Sergio me tomó totalmente por sorpresa. Le pregunté en qué hospital la habían internado. Me dijo que no estaba internada, sino que yacía muerta en la sala de su casa, que Marito se había llevado a las niñas al apartamento de doña Olga. Quedé atontada. No alcanzaba a reaccionar. Luego dije: «Voy para allá». Manejé como loca. Iba como drogada, niña, no sé cómo no choqué. Me pasaba por la cabeza el montón de imágenes de aquélla, de lo último que habíamos hablado esa mañana, de lo contenta que estaba porque las ventas en la boutique habían mejorado, de los esfuerzos que estaba haciendo para volver a normalizar la relación con Marito. Una ingratitud que algo así haya pasado. Espantoso. Ves que la casa de ellos queda en la colonia La Sultana, y como yo vivo en Santa Tecla, pues llegué en cosa de diez minutos. Ya estaba ahí la policía. Salí de mi auto a la carrera, como si fuera a comprobar que no era cierto, que Olga María estaba viva y todo había sido una confusión. Pero su cuerpo yacía sobre la alfombra de la sala, a un lado del sofá, en medio de un charco de sangre, con una sábana blanca encima. Me arrodillé y levanté la sábana: el agujerito en la cabeza era pequeño, pero por atrás se le habían salido todos los sesos. Me sentí horrible, niña, hasta con ganas de vomitar. Ni siquiera pude llorar de la impresión. Volví a taparla. Sergio me tomó por los hombros y me dijo que necesitaba que yo fuera con las niñas, la habían matado a sangre fría enfrente de ellas, permanecían en shock cuando Marito se las llevó. Imaginate: esos criminales mataron a Olga enfrente de las niñas. No hay perdón. Ya se están tardando mucho con el cuerpo, tienen que sacarla de un momento a otro, está empezando a llegar bastante gente. Le escogimos un vestido negro de raso, elegantísimo. Quiero ver cómo le queda. Doña Olga tenía dudas, pero siguió mi consejo: es el mejor vestido, con el que se mirará más bella. Sergio insistió en que me fuera al apartamento de su madre, a ayudarla con las niñas, porque Marito tenía que regresar a la casa para estar presente en las diligencias judiciales, al fin de cuentas era su esposo, el dueño de la casa, el que tiene que responder por todo. Pobre Marito, está destruido. Yo lo vi hasta más tarde. Quizás nos cruzamos en el camino, cuando él regresaba a la casa y yo me dirigía al apartamento de doña Olga. Sentía una gran ansiedad de abrazar a las niñas, de protegerlas, de que olvidaran lo que habían visto. Pero entonces, a medio camino, me quebré, horrible, niña, una especie de ahogo me sofocaba, alcancé a detener el auto y lloré, inconteniblemente, apoyada en el volante, lloraba por Olga María, por las niñas, por Marito, por mí, porque si entonces no me desahogaba después sería peor. Cuando entré al apartamento un doctor platicaba con las niñas. Doña

Olga se mantenía entera, recia, sin siquiera llorar, aunque el tormento se le notaba en todo el cuerpo. Me dijo que a las niñas les acababan de dar un calmante, estaban conmocionadas, lo mejor era que por el momento descansaran, sin estar repitiendo lo que habían visto, según recomendaba el médico. Las abracé tratando de contenerme, no quería que me vieran débil. Olguita ya cumplió diez años, es tan madura, linda como su madre, la misma expresión, igual de inteligente; Raquelita se parece más a Marito, un poco apagada, quizás por ser la menor. Siempre me han dicho tía, aunque no somos parientes, la propia Olga María les enseñó a llamarme así: tía Laura. Éramos las mejores amigas, desde la Escuela Americana, te imaginás, hace veintitrés años. Ahí la traen ya, al fin. Vení, acompañame, a ver cómo quedó. Mirá qué arreglos florales más preciosos: éste es de la compañía de publicidad de Marito. Te lo dije, niña, era el mejor vestido, se ve tan preciosa, la han arreglado muy bien, hasta el hoyito en la sien casi no se le nota. La vida es una calamidad. Cómo le pudo pasar esto. Vos fuiste a su última fiesta de cumpleaños, ¿te acordás?, estaba tan contenta por cumplir treinta años, decía que lo mejor de la vida comenzaba ahora, siempre tan optimista y llena de vitalidad. Son unos hijos de puta, cobardes, habría que matarlos a todos. Mirá el peinado qué lindo le ha quedado, tal como lo usaba cuando iba a las fiestas, la propia Mercedes se vino del salón de belleza para arreglarla. Unos verdaderos malditos, porque sólo querían matarla, no le robaron nada, ni intentaron siquiera. Fue lo que me contó Olguita, cuando llegué en la tarde: el tipo las sorprendió en la cochera, cuando estaban saliendo del auto, luego las obligó a entrar a la sala y ahí, sin decir palabra, le disparó a Olga María en el pecho y luego la remató. Desgraciado. Me da tanta rabia. Ya comienza a venir más gente. Vamos a sentarnos. Mirá, viene entrando Marito. Sergio dijo que iba a cambiarse de ropa. Doña Olga y las niñas vendrán como a las siete, las pobres, se han portado tan bien esas niñas, es increíble lo maduras que son. Quien me preocupa es Marito, lo veo tan frágil, no sé qué hubiera hecho sin Sergio. Ha sido una tarde de locos. Yo estuve como una hora en el apartamento de doña Olga, distrayendo a las niñas, hasta que los sedantes hicieron efecto y se quedaron dormidas. Fue cuando Olguita me contó lo del criminal que sólo llegó a matar a Olga María: ella le dijo que se llevara el auto, lo que quisiera, pero que no les hiciera daño, sobre todo ella temía por las niñas; pero el criminal no quería nada más que matarla, como si alguien lo hubiera enviado, como si ya traía la orden precisa. Algo me huele raro, en especial porque Olga María no podía tener enemigos. Así se lo dije a esos policías tan impertinentes que llegaron al apartamento de doña Olga preguntando por las niñas, que las querían interrogar, decían, que sólo ellas habían visto al criminal, les urgía una descripción del sujeto para hacer un retrato hablado, era importantísimo, insistían. Pero el médico había dicho que las niñas no debían ser molestadas, les dije, y que además en ese momento estaban dormidas, así que mejor dejaban el interrogatorio para mañana. Pero los tipos eran necios, sobre todo el jefe, el que se identificó como subcomisionado Handal, qué necedad de individuo, por eso estamos como estamos, porque los policías en vez de andar capturando criminales se dedican a molestar niñas indefensas. Así se lo dije. Pero el tipo no se inmutó. Repitió que entre más rápido tuviera una descripción del delincuente más fácil sería organizar su búsqueda y captura. Pero yo no iba a permitir que esos maleducados despertaran a las niñas. Me planté y les dije que por lo menos esperaran un par de horas, hasta que las niñas despertaran, que si ellas sufrían alguna lesión sicológica ellos (Handal y ese otro malencarado que se hacía llamar detective Villalta) serían los responsables, y que las cosas no se iban a quedar así porque yo los demandaría judicialmente, y yo no soy cualquier cosa, conmigo no iban a jugar, que se anduvieran con cuidado y mucho respeto, o ellos sabrían pronto quién era yo. Pero Olguita no se había dormido del todo, nada más estaba recostada, en duermevela, como atontada por los sedantes, y el alboroto que hicieron esos policías la despertó de nuevo y se puso de pie y apareció en el corredor, preguntando qué era lo que pasaba, quizás temerosa de que los policías fueran otros criminales como los que acababan de matar a Olga María. Por eso le dije que esos dos señores eran policías que investigaban la muerte de su mamá, que ella regresara a la habitación porque los señores ya iban de salida. Pero el tal subcomisionado Handal se me adelantó y se puso a interrogar a Olguita, el muy canalla, cerdo, no respetan a nadie, y se aprovecharon de la ingenuidad de Olguita para que ella les dijera lo que ya me había contado a mí: que el criminal no quería robar nada, únicamente asesinar a Olga María. El subcomisionado pidió a Olguita que relatara tres veces los acontecimientos, sin parar de hacerle preguntas, el muy morboso, y luego hizo venir a una ratía con bigotes, el encargado de hacer un dibujo del criminal, de acuerdo con los datos que le iba dando la niña. Olguita le explicó que el criminal era un tipo alto y fornido, un grandulón que no usaba barba ni bigote, con el pelito corto, como si fuera cadete, que vestía un bluyin y calzaba unos tenis blancos de esos como de astronauta. El subcomisionado le preguntó si recordaba otro detalle, algo singular, que permitiera reconocer al tipo. Y Olguita le dijo que caminaba como Robocop, ese robot policía que aparece en la televisión. Yo le advertí al subcomisionado que ya dejara en paz a la niña, que no se aprovechara, podía afectarla porque ella recién había tomado un fuerte sedante. Pero el tal Handal dale que insiste: si el tipo llegó solo, si Olguita había visto el auto en que huyó, si se percató de la presencia de otra gente en la calle, si la sirvienta apareció hasta que el tipo ya había cometido la fechoría. Ah no, que de la niña Julita, la sirvienta, no se les ocurriera sospechar, me metí yo, que no fueran canallas, la niña Julita conocía a Olga María casi desde que había nacido, es una señora de más de cincuenta años de edad, qué carajos les pasaba, una señora que había trabajado con doña Olga y con Olga María toda la vida, de absoluta confianza, majaderos. Doña Olga me secundó. Y Olguita explicó que la niña Julita llegó a la sala hasta después que sonaron los disparos, porque estaba en los lavaderos, al fondo de la casa, y fue ella la que telefoneó a Marito, a Sergio y a doña Olga, y fue ella la que salió en carrera a pedir ayuda a los vecinos. Mirá, esos que vienen entrando son los empleados de la agencia de publicidad de Marito, qué jóvenes, ¿verdad?, el alto, de traje café, de pelo colocho y anteojitos redondos, qué guapo, es el nuevo director de mercadeo que contrató Marito, Olga María ya me había hablado de él, tenía razón, está guapísimo. Pero te decía que una vez que terminaron con Olguita, el tal subcomisionado Handal me dijo que quería hacerme unas preguntas, a solas, que si yo había conocido tanto a la víctima, si había sido su mejor amiga, entonces tal vez podría ayudarle, para que él pudiera seguir algunas pistas que explicaran los hechos. Sospeché que alguna cochinada se traía entre manos, esos tipos son groseros, morbosos y sucios, los de la policía, siempre lo he sabido, por eso me puse en guardia, para que no creyera que iba a sorprenderme de buenas a primeras. Y sucedió lo que temía. El subcomisionado preguntó si yo sabía de algún enemigo de Olga María o de Marito, de alguna deuda considerable que los estuviera mortificando, de algún empleado que los hubiera amenazado luego de ser despedido o, con todo el respeto —y así dijo el muy sinvergüenza: «con todo el respeto»—, si Olga María tenía alguna relación extramarital, algún amante despechado, alguien que quisiera hacerle daño. Y entonces sí me encabroné: le grité que era un verdadero patán, un tipo sin sensibilidad, cómo se le ocurría que yo le iba a contar la vida privada de mi amiga a un cualquiera como él, de dónde había sacado semejante idea, sospechar de una persona tan honesta, tan recta, tan entregada a su familia y a su trabajo como Olga María era una canallada sin nombre, ella no tenía enemigos, a nadie se le ocurriría querer matarla, tenía que haber sido una equivocación o la obra de un demente. Casi los echo del apartamento a empujones, por tremebundos, por sarnosos. Fue cuando iba llegando la Cuca, la mujer de Sergio: deshecha en llanto, preguntó cómo estaban las niñas, si a doña Olga se le ofrecía algo. Aquí vienen Cheli y Conchita, las empleadas de Olga María en la boutique, las conocés, ¿verdad?, se ven tan correctas, querían un chorro a Olga María, trabajaban con ella desde que fundó el negocio, quién sabe qué pasará ahora, Marito tendrá que decidir, o doña Olga, si lo venden o qué. Te decía que llegó la Cuca al apartamento y entonces la dejamos a cargo de las niñas, y doña Olga y yo partimos hacia la casa de Olga María para encargarnos de que la arreglaran lo mejor posible. Fuimos en mi auto. Doña Olga había tomado unos sedantes muy fuertes, la señora ya está bastante anciana y enferma, y el médico le pidió que no fuera al lugar del crimen, la impresión le haría tremendo daño, que esperara a que trasladaran el cuerpo a la funeraria, y Sergio estuvo de acuerdo y terminó convenciéndola. Pero cuando llegamos a la casa de Olga María, su cadáver aún estaba ahí. Es lo que te digo: ese juez es un borracho estúpido, andaba de juerga con las secretarias del juzgado, sin ninguna duda, por eso se atrasó un mundo y no pudimos evitar que doña Olga viera el cuerpo con el cerebro destrozado. Pero con Marito la tomamos de los brazos y la condujimos hacia la habitación matrimonial, para que me ayudara a escoger la ropa que le pondríamos a Olga María, las joyas con que la adornaríamos, el maquillaje más adecuado, le decía yo, pero doña Olga, siempre tan entera y sobria, ahora estaba hecha pedazos, llorando a borbotones, no era para menos, su hija mayor, la más querida, muerta en el suelo, sin motivo alguno. Abrí el armario para que revisáramos la ropa, tratando de distraer a doña Olga; fue cuando escogí el vestido de raso negro que lleva puesto Olga María, llamé a Mercedes al salón de belleza para contarle la tragedia y pedirle que viniera a la funeraria a peinar lo mejor posible a Olga María, y a doña

Olga le propuse que tomara las joyas de su hija y las llevara con ella, no fuera ser que los policías comenzaran a hurgar y terminaran robándose lo que pudieran. Cuando salimos de la habitación iba llegando el juez. Marito me pidió que trajera a doña Olga a la funeraria para que ella recibiera y ayudara a preparar el cuerpo. Y eso hice. Después me fui a mi casa, a cambiarme de ropa, a arreglarme de una vez porque así ya me quedo toda la noche, hasta mañana en la mañana, cuando supuestamente también vendrá Diana, la hermana menor de Olga María, la que vive desde hace años en Miami, eso dijo, que tomaría el primer vuelo de mañana, como ahí van tres horas adelante, ya no pudo salir hoy mismo. Ése que está frente al ataúd debe de ser Memo, el segundo de a bordo de Marito, no tiene mucho de trabajar con él, a Olga María no le hacía mucha gracia, pero porque entró a la empresa en vez de Julio Iglesias, como le decíamos al españolete que le ayudó a fundar la agencia de publicidad a Marito, un tipazo, guapísimo, alto, aunque un poco panzón para mi gusto, a Olga María la trajo loca durante un par de meses ese Julio Iglesias, me decía que no hallaba cómo hacer, era el socio de su marido, el amigo de su marido, pero se le antojaba un montón. No es que aquélla fuera infiel, al contrario, por eso le costó tanto, porque era la primera vez que le atraía de esa manera un hombre desde que se casó con Marito, era la primera vez en que iría más allá de su coquetería natural, culpa del propio Marito, te quiero decir, porque en esa época él tenía abandonada a Olga María, nunca pudimos descubrir quién era la causante, porque ahí donde lo ves todo pusilánime, Marito es mátalas callando, yo siempre he sospechado que tiene sus movidas por debajo de la mesa y Olga María supo por lo menos de dos mujerzuelas. Fue por esa época cuando Marito decidió montar su propia agencia publicitaria, para lo cual invitó como socio a Julio Iglesias, un madrileño, también experto en publicidad, quien acababa de venir a San Salvador como consultor de la empresa donde Marito trabajaba. Yo lo supe desde un principio: la manera como le brillaban los ojos a Olga María sólo me recordaba la época de la Escuela Americana, cuando aquélla andaba colgada detrás de algún compañero. Julio Iglesias empezó a llegar a cenar a la casa de Olga María y Marito, cada vez con más frecuencia, y Olga María se prendió, poco a poco, porque al españolete también le gustó ella, cómo no iba a ser, y entre pláticas de negocios y sobremesas, ellos comenzaron a tener oportunidad de decirse cosas, de seducirse en las mismas narices de Marito, quien tenía toda su energía puesta en la fundación de la agencia. Y la cosa ya fue indetenible cuando una tarde Julio Iglesias se presentó a la boutique, casualmente, como quien visitaba las Villas Españolas para hacer cualquier compra y de pronto se encontraba a una amiga, la esposa de su socio, trabajando en su boutique. Olga María guardó las apariencias, para que Cheli y Conchita no se dieran cuenta que ella ya se estaba derritiendo por ese hombre que entonces la invitó a tomar un café ahí mismo, en el centro comercial, y una vez en la cafetería le dijo que no podía dejar de pensar en ella, que era incontrolable la pasión que sentía. Y Olga María tuvo que aceptar que ella también pensaba en él, aunque no podía decir que lo quisiera, ni que estuviera enamorada, sino que era algo raro, nuevo. Julio Iglesias tenía un apartamento, frente al hotel Sheraton, cerca de Villas Españolas: le propuso que se vieran ahí, era lo mejor, porque no quería tener problemas con Marito, su socio y amigo. Olga María le dijo que lo pensaría, no era tan fácil, aunque su relación con Marito estuviese deteriorada, ella lo amaba, estaban además las dos niñas, ella no quería arriesgarse, echar a perder once años de su vida. Pero Julio Iglesias insistía, la llamaba por teléfono a la boutique, la visitaba de vez en cuando para invitarla a un café (siempre guardando las formas, por supuesto, aunque Cheli y Conchita deben de haber sospechado algo), le decía cosas preciosas cuando iba a cenar a la casa con Marito. Hasta que ella ya no se aguantó y dijo que sí, que iría al apartamento, pero que tenían que planearlo muy bien, había muchos inconvenientes, pues ni él podía pasar a recogerla a la boutique ni ella llegaría en su auto al apartamento —qué tal si Marito o un amigo de éste lo descubría estacionado frente al apartamento de Julio Iglesias, ¿cómo lo explicarían, ah? Entonces aparecí yo, la tía Laura, quién si no, la amiga del alma, la confidente, la única que haría posible ese encuentro. No te imaginás, niña, cómo estaba Olga María de nerviosa ese mediodía: el cuento era que yo la había invitado a comer, a un nuevo restaurante vegetariano, que Marito debía recoger a las niñas y que ella regresaría directo a la boutique, sin pasar por la casa. Ése fue el cuento. La idea era que yo pasara por ella a la boutique, a eso de las doce y cuarto, luego la dejara frente al apartamento de Julio Iglesias, me fuera a comer donde mi prima, y a las dos y cuarto la pasara a recoger. La pobre se moría del susto cuando llegué a la boutique, aún dudaba. Era su primera vez. Pero en cuanto estuvimos en mi auto, la vi más relajada. Iba con ropa casual —una minifalda verde, lo recuerdo tan bien—, pero elegantísima, con porte, como siempre. Salió del auto con paso firme y yo fui la que me quedé mordiéndome las uñas, pensando cómo le estaría yendo, si de una vez harían el amor o le dejaría besarla nada más, ni ella misma estaba segura. Te digo que ése es el sustituto de Julio Iglesias, el vicepresidente de la agencia de publicidad de Marito; mirá el respeto con que lo saludan los demás del personal, nada que ver con el madrileño del que te estoy hablando. A las dos y cuarto en punto estuve frente al apartamento de Julio Iglesias, toqué la bocina con recato y la vi venir, feliz, expansiva, como en las nubes. Pero yo quería que me lo contara todo, con pelos y señales, de inmediato. Y ella me dijo que había sido lo máximo, mejor de lo que ella esperaba: él tenía preparada una ensalada riquísima y una botella de vino blanco exquisito, casi congelado —como a ella le encantaba. La besó desde que ella estuvo dentro del apartamento, y no paró de besarla y acariciarla, una ternura el tipo, por eso ella no pudo contenerse y ahí mismo en la sala se dejó desnudar y él le besó todo el cuerpo con tanta delicadeza, una maravilla, niña. Así me lo contó. Y luego la llevó a la cama, pero el pobre estaba nerviosísimo, tenso, porque al ratito se vino, sin previo aviso, antes de que comenzara lo bueno. Y le dio pena, el pobrecito, pidió disculpas. Pero eso no le importa a una, niña, siendo la primera vez con un hombre que te acaricia con esa devoción. Fue lo que me dijo Olga María antes de que la pasara dejando por la boutique. Ahí vienen entrando Sergio y la Cuca. Qué guapo es Sergio, niña, no sé cómo fue a parar con la Cuca, aunque ella sea buena gente, pero a él se le ve chiquita, ¿no te parece? El problema es que el tal Julio Iglesias se fue enamorando, ya en la segunda ocasión —cuando fui a dejar a Olga María a media tarde al apartamento— no sólo le declaró que la amaba y que pensaba en ella permanentemente, sino que quería tenerla con él para siempre, que ella debía divorciarse de Marito, no tenía sentido que mantuviera esa relación si ya no lo quería, que él estaba dispuesto a casarse, a hacer lo que Olga María le pidiera, pero ya, en ese momento. ¿Te podés imaginar, niña? Los hombres sí que son brutos: la tenía ahí, enterita, entregada, como para cultivarla, darle su tiempo, pero no, tuvo que salir con las exigencias, con la taradez de la posesión, como si Olga María hubiera sido una imbécil para separarse de buenas a primeras de Marito, el padre de sus hijas, por la aventura de irse a vivir con un españolete cualquiera. Un animal resultó el tal Julio Iglesias: no le importaba que Marito fuera su socio y amigo, estaba obsesionado, la llamaba sin ninguna prudencia, aparecía por la boutique como un energúmeno. Por eso no hubo tercera vez. Olga María estaba desesperada, demasiado acoso, tanta necedad: le pidió que por favor ya no la llamara, que olvidara lo que había pasado, ella era una mujer casada y con dos hijas, él no debía pasar por alto eso, y que resultaba absolutamente imposible que ella se separara de Marito para irse a vivir con él. ¿Y sabés, niña, lo que le dijo el muy tarado? Que él tenía un piso y un Mercedes Benz en Madrid y que ella podría rehacer su vida en aquella ciudad, se irían sin hacer bulla, para que no hubiera escándalo. Guapo pero tonto el Julio Iglesias, niña. Al final se terminó calmando, aceptó la situación, pero antes incluso llegó a intentar el chantaje, amenazando a Olga María con contarle todo lo sucedido a Marito, ¿te podés imaginar? Hace unos meses regresó definitivamente a Madrid. Con Olga María mantuvieron una relación distante, seca, diplomática cuando Marito estaba presente, porque al fin de cuentas Julio Iglesias era la pura charlatanería, resultó que estaba casado en España y unas semanas después del affair con Olga María ya andaba entregando la vida por una ejecutiva de cuentas de la agencia de publicidad. Es lo que te digo: ¿quién le puede creer a los hombres? A mí también trató de seducirme, el muy cafre. Aún andaba diciendo que estaba enamorado de Olga María cuando aprovechó la menor oportunidad para invitarme a cenar con el cuento de que quería que habláramos sobre ella. Pero yo no me tragué su finta, niña. La manera como me miró cuando me hacía la invitación, en una reunión en la propia casa de Olga María, no era precisamente la de alguien en busca de confidente. Pero era tan guapo, el Julio Iglesias, que le seguí el juego. Me dijo que quería que yo conociera su apartamento; era el sitio donde podríamos hablar con mayor libertad, además. Prometió preparar un fetuccini al pesto con una receta única. Y en verdad que cocinaba de maravilla, niña. Yo le dejé en claro desde un principio que la única razón por la que había aceptado su invitación era mi amistad con Olga María. Te juro que desde que entré al apartamento no lo dejé que cambiara de plática: le pregunté la opinión de Olga María sobre sus muebles, sobre los cuadros que colgaban de las paredes, sobre la decoración del apartamento en general. Lo acompañé a la cocina, porque aún no terminaba de cocinar, y me ofreció un vino rioja riquísimo, mientras iniciaba su perorata sobre el amor que sentía hacia Olga María, esa pasión que para él era lo más lindo que había vivido en El Salvador; hasta entornaba los ojos, el tal Julio

Iglesias, cuando me repetía el cuento de que estaba dispuesto a todo con tal de continuar la relación con ella. Los hombres son espantosos, niña. Imaginate que después supe que por esa época ya estaba saliendo con la ejecutiva de ventas de la publicidad. Pero ahí en el apartamento se echó el rollo: que el desprecio de Olga María lo estaba destrozando, que yo debía ayudarlo, convencer a Olga María de que volviera con él. Yo lo dejé hablar; el vino estaba riquísimo y la cena también. Fue a la hora del postre cuando le dije que me daba envidia la intensidad con que él parecía estar enamorado de Olga María, que nadie estaba enamorado de mí de esa manera. ¿Para qué le dije eso, niña? De repente cambió: se quedó en silencio un rato y, cuando comenzó su nuevo rollo, fue como si Olga María nunca hubiese existido. Dijo que no me creía, le resultaba imposible creer que una mujer como yo no tuviese a alguien profundamente enamorado, que él desde un principio se fijó en mi belleza, pero que siempre había sentido que yo lo despreciaba o al menos que no me interesaba en él. Y ahí se fue, niña, a cuentearme, sin ningún recato, sin considerar que yo había llegado a su apartamento para platicar sobre su relación con Olga María. Al rato lo tenía a mi lado, susurrándome piropos, con mi mano entre sus manos, intentando besarme. Pero yo no se lo permití, niña. Le dije que se comportara. Pero él insistía, el muy necio. Hubo un momento en que casi logró besarme. Entonces me puse de pie y le dije que ya me iba, pues él me estaba faltando al respeto. Aunque para decirte la verdad, el Julio Iglesias era guapísimo y no me faltaban ganas de ceder. Quizás él intuyó mis pensamientos, niña, porque no se contuvo, sino que insistió una y otra vez. Una no puede creerle a los hombres. Yo por eso me divorcié de Alberto, no me arrepiento, es lo mejor que pude hacer. Así se lo dije a Olga María en esa ocasión: no vale la pena eso de andarse complicando la vida, mejor estar con un solo hombre o con ninguno. Qué bueno que desde temprano empiecen a repartir cafecito, tengo la garganta seca y un cansancio que me hace temer que de pronto me venza. Pasame una tacita. Si querés salgamos a la terraza, a respirar un poco de aire fresco. Qué montón de autos están estacionados alrededor del redondel y aún no ha venido ni la mitad de la gente. Estará llenísimo más noche, niña, con toda la gente del mundo de la publicidad y los amigos de Sergio de la asociación de agencias de viajes. Quiero ver cuántos compañeros de la Escuela Americana vienen. Hace tanto tiempo que no nos reunimos los de la clase. El Chele Yuca sí aparecerá, estoy segura, con lo enamorado que siempre estuvo de Olga María. Claro que lo conocés. Se llama Gastón: era el más guapo de nuestra clase. ¿Ya viste a mi mamá, del lado del ataúd, platicando con Alberto? Esos dos sí que se llevan bien. No sé cómo lo aguanta mi mamá. No, niña, yo no tengo nada que hablar con él; estuvimos casados durante un año, entonces hablamos todo lo que teníamos que hablar y hasta me sobró un montón de tiempo. Alberto es el tipo más aburrido que te podés imaginar. No sé cómo hice para soportarlo un año. Se la pasa con las computadoras horas y horas, el día entero si no tiene otra cosa que hacer. Te desespera, niña, no le interesa divertirse, conocer gente, ir al cine. Es espantoso. Lo tenía que llevar casi a la fuerza a las cenas. Pero mi mamá dice que es inteligentísimo, que por eso le va tan bien en sus negocios, que es el hombre más informado del país no sólo sobre finanzas sino sobre cualquier cosa que pasa en el mundo, que por eso tiene tanto dinero, que todas las amistades aseguran que es el principal consultor financiero. Por mí, niña, que haga todo el dinero que quiera, que se vaya a Wall Street con sus computadoras, pero que ni se le ocurra acercarse donde yo estoy, es como una peste, te contagia el aburrimiento en cuestión de segundos. Lo que pasa es que mi mamá todavía no acepta que nos hayamos divorciado, no se hace a la idea de que una pueda deshacerse de un hombre que la aburre, por más dinero que tenga; para ella una debe de vivir con el mismo hombre toda la vida. A esta altura no la voy a hacer cambiar, niña. Te aseguro que cuando sepa que me voy a casar con otro le va a poner miles de objeciones, a menos que tenga más dinero que Alberto, por supuesto. Olga María tampoco me creyó cuando le dije que me iba a divorciar de Alberto, que ya no lo toleraba, que prefería volver a casa de mis papás antes que seguir sufriendo semejante aburrimiento. Me dijo que no debía dejarlo, que el problema era que no teníamos niños. Imaginate. Yo no me iba a poner a tener hijos con un tipo así. Una locura. No, mi papá no creo que venga: está en la finca con cantidad de problemas. Ahora que veo la situación de mi papá pienso que doña Olga hizo bien al vender las fincas que le heredó don Sergio. Tener café ya no es como antes, puras contrariedades, primero con los comunistas que se tomaban las fincas e impedían las cortas, hoy con la caída de los precios. Es la de nunca acabar, niña. Por eso doña Olga hizo bien al deshacerse de esas fincas, es lo mejor. Mi papá debería hacer lo mismo. Ya se lo dije, pero es necio, aferrado a la tierra. Hey, mirá quién viene entrando. No puedo creerlo, es José Carlos, un fotógrafo loquísimo, yo creí que ya se había ido del país, qué sorpresa. Hasta hace un par de semanas estuvo trabajando en la agencia de Marito. Toma unas fotos lindísimas, un superartista; estudió en Boston, donde se quedó viviendo varios años, fotografiando a artistas famosos, los atardeceres en playas y bosques, los edificios más antiguos de esa ciudad. Publicó un libro con esas fotos: Olga María me lo mostró, con una dedicatoria poética que le había escrito José Carlos. En estos días está por viajar de regreso a Boston. Sólo aguantó un año aquí en el país. Dice que se aburre. Ahí donde lo ves, flaco y desgarbado, tiene su atractivo. Olga María anduvo con él, unas pocas semanas nada más, pero suficientes como para conocerlo. Fue una historia parecida: Marito y José Carlos fueron compañeros toda la primaria y la secundaria en el Externado, amigos inseparables en la adolescencia, hasta que vino la guerra y cada quien tomó su camino; pero en cuanto José Carlos decidió regresar, Marito le ofreció empleo en la agencia, volvieron a convertirse en uña y carne, de tal manera que José Carlos llegaba a cada rato a la casa de Marito, a las horas más imprevistas, por eso se fue haciendo tan amigo con Olga María, no podía ser de otra manera, ella era la esposa de su íntimo y ya se conocían, aunque poco, de la época del colegio. Para Olga María fue una revelación: José Carlos es tan informal, loco, lleno de ideas exóticas, hasta medio comunista por momentos. Al principio, a ella no le gustaba físicamente, pero poco a poco fue descubriendo que el tipo era increíble, sabía un chorro de cosas, un artista supersensible, que ha viajado por un montón de lugares, que se ha codeado con gente del ambiente artístico en Estados Unidos. Eso me dijo Olga María. Y yo volví a detectar en sus ojos ese brillo del que te he hablado, ese brillo que le conocía desde que estábamos en la Escuela Americana y que le aparecía cuando comenzaba a entusiasmarse con un compañero, el mismo brillo que le vi con el tal Julio Iglesias. Yo no podía dar crédito que mi amiga estuviera interesada en ese fachoso, ¿verdad que vos tampoco lo hubieras creído posible? Miralo, ahí, sin saco, con bluyin y camisa sport en un velorio, sólo a él se le puede ocurrir. Al rato te lo voy a presentar para que veás que está medio loco. Te acepto que puede ser interesante como amigo, los artistas siempre son así, pero no para enamorarse. Y, al igual que con Julio Iglesias, hubo un momento en que Olga María decidió que visitaría el estudio fotográfico de José Carlos, pero entonces no necesitó que yo la llevara porque tenía la justificación precisa: José Carlos le tomaría un juego de fotos que él utilizaría en su próxima exposición. Eso fue lo que ella le dijo a Marito, y a mí también. Pero yo ya sabía a lo que iba. Aunque José Carlos le tomó unas fotos preciosas, sugerentes, no das crédito: Olga María aparece con un maquillaje como oriental, vestida tan sólo con una túnica de seda medio transparente, sosteniendo crucifijos exóticos, rodeada de espejos. Costó que ella me contara lo que estaba pasando, porque en esa época, por varios motivos, y en especial por sus constantes visitas al estudio de José Carlos, casi no nos vimos. Yo tenía miedo que Olga María se fuera a enamorar, que se metiera en un berenjenal del que después no pudiera salir. Le advertí que no era mi problema, yo no quería meterme en lo que no me importaba, pero que se midiera, que se moderara, que tuviera más precaución, no le convenía que Marito se diera cuenta o siquiera sospechara algo. Fue una tarde, al fin la encontré en la boutique, cuando ella me invitó a un café y me dijo que no me preocupara, la relación con José Carlos no iría más allá, estaba segura, le tenía un gran cariño, pero jamás podría vivir con un tipo así, demasiado inestable, él mismo estaba consciente de eso y desde un principio le planteó que le encantaba estar con ella, la amaba en la cama, pero eso era todo, él no le quitaría la mujer a su mejor amigo ni estaba en capacidad de vivir con ella y las dos niñas. Eso me tranquilizó. Esa misma tarde Olga María me mostró las primeras fotos que le había tomado José Carlos y me contó que el tipo era muy profesional —hasta que la había hecho posar exigentemente durante un par de horas y terminó de tirar todos los rollos, la llevó a la cama—, y un excelente amante, además, no como el Julio Iglesias, que se venía a las primeras de cambio. Pero ya ves cómo son los hombres, niña. Resulta que un mes después, Olga María perdió el entusiasmo, así, sin previo aviso, súbitamente, le dijo a José Carlos que ya era suficiente, no quería que la relación siguiera, Marito comenzaba a sospechar y ella no estaba dispuesta a arriesgarse más, que mejor dejaran de verse y fueran únicamente amigos como antes. Entonces José Carlos perdió la brújula. Es lo que te digo: una no puede prever ni confiarse. El tipo salió con que estaba enamoradísimo de ella, no había motivo para que dejaran de verse, él nunca había tenido una relación así, jamás se había enamorado de una mujer como ella ni de esa manera, tan intensa, con semejante entrega. ¿Podés creerlo, niña? Él fue quien planteó que sólo se trataba de sexo con cariño y ahora salía con la misma historia que Julio Iglesias: que estaba dispuesto a dejarlo todo por ella, hasta le propuso la tontería de que podían irse a vivir a Boston, que las niñas tendrían una mejor educación. Pero aquélla se puso firme, le habló fuerte, que se dejara de pendejadas, entre ellos ya no había nada, ella no se arrepentía, la pasó requetebién en la cama, y le agradecía las fotos, pero que se metiera en la cabeza que la relación estaba terminada. En lo que hubo una diferencia, en lo que no se pareció para nada a Julio Iglesias, fue en la facilidad de desafanarse del romance. ¿Me entendés? A José Carlos, quizás por ser artista, no sé, o por lo que fuera, no se le quitó el enamoramiento, aunque dejó de llamarla y casi de visitarla (sólo lo hizo en contadas ocasiones −por lo general a una cena de negocios− cuando Marito insistía en que su amigo del alma y empleado estrella estuviera presente). Quedó resentido, como si Olga María lo hubiera estafado emocionalmente, y siempre que la encontraba ponía rostro de dolido, de víctima, como si fuera un inocente cordero del que ella había abusado. Desde entonces comenzó a decir que se regresaría a Boston, que se aburría en el país, que ya había aportado todo lo que podía a la agencia de Marito. Yo le dije a Olga María que la cantaleta de retornar a Boston no era más que un chantaje solapado de José Carlos, una manera de reclamar que ella lo hubiera despreciado, que ya no le hiciera caso. Olga María estuvo de acuerdo conmigo y fue tan pícara que hasta propuso hacerle una fiesta de despedida a José Carlos, una fiesta sorpresa, no hace ni tres semanas de eso, pero éste como que se la olió y cuando Marito le dijo que lo invitaba a cenar el sábado a su casa, para tratar de abordar informalmente su experiencia de trabajo en la agencia, José Carlos se excusó, dijo que estaba trabajando una serie personal que quería llevar terminada a Boston, que mejor la otra semana fueran juntos a almorzar, porque él estaba ocupando todas las noches rigurosamente para su trabajo artístico. No le salió el plan a Olga María, niña, pero hubiera sido lindo, ¿no te parece? Ahora se le ve afectadísimo al pobre, miralo, qué cara, de veras que estaba enamorado, mejor que se regrese a Boston con sus ideas extrañas. Yo estoy segura que éste anduvo metido en algo con la subversión, aunque venga de buena familia, ya ves lo que hicieron esos curas jesuitas con tanto muchacho, varios de los compañeros de clase de Marito y José Carlos terminaron de terroristas, los curas les lavaron la cabeza, los indoctrinaron. Dicen que José Carlos se fue a Estados Unidos para que no lo mataran, sus papás lo enviaron cuando se dieron cuenta que andaba metido en cosas turbias, por eso volvió hasta que ya había terminado la guerra, por miedo. Olga María me dijo que José Carlos nunca hablaba de política, que él se había dedicado a estudiar y trabajar en Estados Unidos, pero vos sabés que aquí todo se sabe, niña, y a mí me dijeron que éste anduvo en uno de esos comités de solidaridad, tomándoles fotos y apoyándolos. No me extrañaría. Ahora sí comienza a llenarse, cuánta gente a la que no conozco. En cualquier momento aparecerá doña Olga con las niñas, las pobres, tan pequeñas y ya perdieron a su madre. Le tocará difícil a Marito, tan buen esposo que fue, aunque Olga María se lo merecía, ella también se portó a todo dar con él, tal para cual, nunca le reclamó mayor cosa, ni cuando le llegaron con los chismes de que Marito salía con una de sus secretarias, Olga María fue siempre tan discreta, tan modosita, reservada, ajena a los numeritos histéricos, preservadora de su hogar, entregada totalmente a su esposo y a sus hijas, por eso su muerte me produce rabia, niña, no se vale, no matan a tanto canalla sino que a una mujer ejemplar, trabajadora como pocas, mirá cómo levantó esa boutique de la nada, con su puro esfuerzo. Esos dos que vienen entrando son los tipos de la policía que llegaron a fastidiar al apartamento de doña Olga, el de saco oscuro es el que dice llamarse subcomisionado Handal, qué gentuza, niña, no tienen el menor respeto ni por el duelo ajeno, qué les pasa, cómo se les ocurre venir a meterse al velorio de una persona decente, la cabeza la tienen llena de carroña, imaginate, querían que les contara las intimidades de Olga María, como si algún amigo o conocido la hubiera mandado a matar, dudan hasta del propio Marito. Para mí que todo fue una confusión, o lo más probable es que el ladrón se haya puesto nervioso y no se le ocurriera otra cosa que disparar, no es la primera vez que sucede algo así, el acto de un energúmeno que lo único que sabe hacer es matar. Nadie a quien yo conozco hubiera sido capaz ni siquiera de pensar en hacerle daño a Olga María, a nadie se le ocurriría ni pensar mal de ella, una mujer tan buena, tan generosa, tan poco dada a meterse en la vida de los demás. Mirá, aquí vienen doña Olga y las niñas, vamos, acompañame, miralas qué lindas, van a sentarse junto a su papi, para doña Olga son como sus dos ojos, sus únicas nietas, porque Sergio y la Cuca casi estoy segura de que no pueden tener niños, y Diana es aún muy joven y quién sabe qué tipo de vida tendrá en Miami, vos sabés cómo son los gringos, las mujeres ya no tienen hijos tan fácilmente, y Diana es prácticamente una gringa, tiene más de doce años de estar allá. Ojalá que a ese bruto de Handal no se le ocurra querer interrogar a las niñas aquí, entonces sí me voy a enojar, no hay derecho, no sé qué hace aquí, en vez de andar buscando al criminal, ya tiene el retrato hablado que le dio Olguita, qué otra cosa quiere. Y lo que más me enerva es que al final no van a capturar a nadie, te lo aseguro, son tan incapaces, sería un milagro, cuándo has visto que aquí la policía capture al verdadero culpable de algo, nunca sucede. Ni cuenta me di a qué horas entró la niña Julia, seguramente venía detrás de doña Olga y de las niñas, pero en medio de tanta gente no la distinguí. Es tan buena la niña Julia, tan honrada, quería muchísimo a Olga María, era como su hija, la cuidaba desde hacía veinte años, imaginate, toda una vida, desde que Olga María apenas tenía diez años llegó a casa de ellos; venía de un pueblito de indios, Tacuba, allá por Ahuachapán. Ahora ya no se encuentran sirvientas así, niña, cómo ha cambiado todo, ahora son putas o rateras, o las dos cosas, y no les podés dejar la casa sola un momento porque te la saquean. Horrible, niña, ya no puede una confiar en nadie, aunque traigan referencias y recomendaciones siempre hacen alguna trastada. Aquélla era otra época: las sirvientas se convertían en parte de la familia, como la niña Julia, que hoy tendrá que terminar de criar a Olguita y a Rebeca; Marito la va a necesitar como nunca, y doña Olga también. Se lo dije a la niña Julia, hoy en la tarde. La pobre está deshecha, pero ya ves cómo son los indios, ni se les nota lo que sienten, con ese su rostro como si fuese máscara. Hey, te lo dije, no me equivoqué: mirá quién viene entrando, niña, el mero Gastón Berrenechea, ni más ni menos que el Yuca, tan lindo, simpatiquísimo, elegante como siempre, con el traje impecable y la corbata, qué preciosa, nunca había visto ese estampado en negro, te juro que en la Escuela Americana todos creímos que el Yuca y Olga María se iban a casar, hacían una pareja perfecta, los dos guapísimos, como hechos el uno para el otro, pero el noviazgo sólo duró pocos meses, una lástima, nos costó comprender que aquello no funcionaba, ya desde entonces el Yuca era demasiado mujeriego, incontrolable. Yo los conozco desde antes de eso, te podés imaginar, niña, desde hace como veinte años, aún más, desde hace veintitrés años, cuando entramos a primer grado, un chorro de tiempo. Ahora el Yuca es importantísimo, vos sabés, dueño de la cadena de megatiendas, diputado y alto miembro del partido, rarísimo, niña, nunca me imaginé que el Yuca terminara metiéndose en política, hasta lo andan candidateando para la presidencia de la república, pero todavía está muy joven, le falta agarrar callo. Sabés que se casó con la Kati, la hija de don Federico Schultz, riquísima, podrida en dinero, la niña de los ojos de don Federico, al Yuca le ha ido tan bien gracias a don Federico, lo ha apoyado en todo, no sólo en los negocios, para montar la cadena de megatiendas, sino también en la política, como si fuera su hijo, sin el apoyo de don Federico al pobre Yuca quién sabe cómo le hubiera ido, niña, su familia perdió casi todo con la reforma agraria, una desgracia, los Berrenechea eran de los algodoneros más ricos del país, pero los comunistas con esa su reforma agraria los dejaron casi en la calle, por eso te digo que el Yuca le debe un montón a don Federico, incluso hay gente mal pensada que asegura que el Yuca se casó con la Kati por puro interés económico, la gente es tan envidiosa, niña, y como el hombre ahora es político lo quieren embarrar de mierda. El Yuca es un gran trabajador, hay que reconocérselo, y si se metió a la política fue porque le quitaron todas las fincas de su familia, yo me acuerdo, niña, allá por el comienzo de la guerra el Yuca ya estaba a la par del mayor Le Chevalier, dando la cara contra los comunistas, nada le han regalado, al contrario, el hombre se ha fajado para llegar a donde está, por eso don Federico le ha echado el hombro. Lindo el Yuca: tan amable, tan guapo, tan inteligente. Seguro que será presidente en unos cinco años, no lo dudo, va subiendo meteóricamente, cada vez es más popular, tiene tanto carisma, niña, la gente votará por él, ni dudarlo, a la gente le gusta tener un líder triunfador, alguien a quien le vaya bien en los negocios, que sepa hablar en público, y mucho mejor si es guapo, guapísimo como el Yuca. No se parece en nada a ese estúpido que tenemos ahora de presidente, ese gordo tonto, ni su mamá lo quiere, yo voté por él solamente para impedir que ganaran los comunistas. Imagínate qué horrible, niña: tuvimos que escoger entre ese energúmeno y los comunistas. Con el Yuca será distinto, un tipo distinguido, vos lo acabás de ver, simpático, tendrá un pegue como el del mayor Le Chevalier, adorado por la gente. Los comunistas ya se la temen, por eso han comenzado una campaña de desprestigio contra el Yuca, andan diciendo que formó parte de los escuadrones de la muerte, que puso bombas en no sé qué ministerios cuando lo de la reforma agraria, las mismas acusaciones de siempre, que se ha aprovechado de sus contactos en el gobierno para hacerse rico con sus megatiendas, las mismas tonterías que se sacan de la manga cuando quieren acabar con una persona honorable. A mí me encanta el Yuca, niña, siempre me gustó, desde que estábamos chiquitos en la Escuela Americana, y a Olga María también, aunque sólo se saludaran cuando se encontraban en el Club, aunque el noviazgo de adolescencia ya estaba en el olvido, aunque ambos se casaron e hicieron sus vidas en caminos distintos, a Olga María nunca dejó de gustarle el Yuca, estoy segurísima, y al Yuca tampoco dejó de gustarle Olga María, por eso no me sorprendí cuando hace como tres meses ella me contó que había vuelto a verlo, se habían encontrado casualmente en el estacionamiento de Villas Españolas, ella en las prisas de siempre hacia la boutique, él rodeado de guardaespaldas a buscar un traje al almacén del turco Chaín. Y le vi los ojos a aquélla, cuando me lo estaba contando, y tenían el mismo brillo del que ya te he hablado. Yo no quise preguntarle mucho, niña, porque el Yuca es demasiado importante, pero comprendí que los dos se tenían esa deuda desde hacía como quince años, la deuda de haber sido novios quinceañeros, de puro beso y tocadita, pero sin sexo, una deuda que ahora, quién sabe por qué motivos, habían decidido saldar. El problema era cómo encontrarse: el Yuca siempre anda con guardaespaldas, un tremendo despliegue de seguridad, con tanto secuestrador, niña, hace bien el hombre, y además ambos eran casados. No fue fácil. Pasaron los días y nada más se llamaban por teléfono, en espera de la oportunidad. Olga María estaba ansiosa, como si fuera adolescente, se moría de ganas, deseaba estar con el Yuca, pero al mismo tiempo le daba miedo meterse en un problema, no sólo con Marito y la Kati, sino a causa de las actividades políticas del Yuca, tiene muchos enemigos, incluso en el mismo partido y dentro del propio gobierno, vos sabés cómo es de sucia la política, niña, por eso Olga María tenía miedo de que su relación pudiera ser utilizada por algún enemigo para dañarlo a él o para chantajearla a ella, en estos tiempos una ya no puede confiarse. Y qué creés, niña, pues a la tía Laura le tocó una vez más salir en ayuda de su amiga, para que de una buena vez pudiera encontrarse con el Yuca, así o se les bajaba la calentura o pasaba lo que tenía que pasar. La conduje una tarde, luego de recogerla en Villas Españolas, a una casa muy solapada, en la Miramonte, donde la esperaba el Yuca. Iba superemocionada, guapísima. Volví por ella dos horas más tarde. Salió como desencantada, y apenas respondía con monosílabos a mis preguntas. Imaginé que el Yuca no había estado en su mejor momento. Insistí en que me contara detalles, como en las veces anteriores, para eso era su amiga, pero Olga María dijo que prefería no hablar de ello. Hubo una segunda ocasión, otra tarde, en que la conduje a la misma casa, en similares condiciones. Ella iba con menos entusiasmo, arregladísima y contenta, por supuesto, pero como quien ya no se hace muchas ilusiones. Salió más desencantada que la vez anterior, y guardó el mismo silencio, que después me contaría con más calma, me prometió. Y así fue, aunque no me quiso dar detalles: sólo repitió que el Yuca y ella eran incompatibles, algo no funcionaba, ella había perdido todo interés. Le pregunté qué pensaba el Yuca de eso. Me dijo que él insistía en que se siguieran viendo, no quería dar su brazo a torcer, decía estar enamoradísimo de ella, que debían seguir intentando, la misma historia de los otros dos. Pero ya ves cómo era Olga María, niña, así con su modito suave y dulce, tenía un carácter tremendo, cuando decía no era no. El pobre Yuca se quedó con las ganas, vestido y alborotado, por eso te dije que no podía dejar de venir al velorio, porque estaba enamorado de Olga María desde la época de la Escuela, y a él le ha de estar doliendo su muerte como a pocos. Pero ahora sí, niña, ya se llenó, mejor nos vamos acercando para saludar a toda la gente, no vaya a ser que alguien piense mal de nosotras, como si sólo hubiéramos venido a chismear al velorio de Olga María. Seguime para que te presente primero a José Carlos.

2

EL ENTIERRO

Qué calor más horrible hacía en esa iglesia, niña. No sé por qué se les ocurrió hacer la misa de cuerpo presente tan temprano. Deberían poner aire acondicionado en las iglesias. No creás que es la primera vez que lo pienso: te aseguro que si los curas pusieran aire acondicionado una iría más seguido. Así se lo dije la vez pasada a mi mamá y puso semejante cara, como si yo hubiera estado blasfemando. Suerte que ya estamos en el carro y que lo dejé estacionado en la sombra. Por un momento sentí que el maquillaje se me comenzaría a correr con tanto sudor. Y qué cura para hablar, niña. Pero ahora esperemos que este aire acondicionado enfríe rápidamente. He sudado tanto que en vez de seguir el cortejo me dan ganas de irme en una carrera a la casa a echarme una ducha. Me voy a ir detrás de Sergio y la Cuca. Qué lindo el color del carro de Sergio, me encanta ese lila, así quería que fuera el mío, pero la BMW no tiene ese color, sólo la Toyota, por eso lo preferí blanco, porque combina con todo y no iba a cambiar de marca de carro sólo porque no había color lila. Hay gente a la que no le importa; Alberto, mi exmarido, es así. Yo tengo como doce años de tener sólo BMW, desde que mi papá me regaló mi primer carro, cuando cumplí los dieciocho años y entré a la universidad. Recuerdo cómo lo celebramos con Olga María. Un día al principio lindo y al final amargo, niña. A la mañana siguiente de la fiesta de graduación el carro estaba parqueado frente a la casa. Era una sorpresa. Yo no cabía de la alegría. Llamé a todos los compañeros de la Escuela para contarles, para que llegaran a verlo. Era un BMW, último modelo, de un rojo carmesí. Me la pasé todo el día de arriba para abajo, con Olga María y otros compañeros. Mi papá me advirtió que no lo corriera a muy alta velocidad, pero una vez que decidimos ir al puerto aproveché para acelerarlo en la carretera. La pobre Olga María, tan felices que íbamos entonces, y ahora, mirala, ahí adelante, en la carroza fúnebre. No lo puedo creer. Aquella noche en que yo estrenaba mi BMW también estuvimos cerca de la muerte; por eso me acuerdo. No te imaginás qué experiencia más horrible. Fuimos a la Zona Rosa, a tomar unas cervezas y a platicar con los amigos. ¿Y qué creés? Acabábamos de salir del Chilis, íbamos caminando por la esquina, hacia el sitio donde había dejado mi carro, cuando de repente empezó una balacera tremenda. Aquello parecía el infierno. Unos terroristas salieron a saber de dónde y comenzaron a disparar contra unos gringos que estaban en la terraza del restaurante Mediterráneo. Vieras qué pánico. Todo mundo se tiró al suelo, gritando, porque la balacera parecía eterna. Yo me rompí un jeans nuevecito, a la altura de las rodillas; y Olga María por poco se quiebra la muñeca. Fue espantoso. Cuando los disparos cesaron, se hizo un silencio de muerte y todos nos fuimos acercando poco a poco a donde estaban los gringos hechos papilla. Los habían matado a todos; eran como diez, tirados en el suelo, desangrados. Espantoso, niña, macabro. Nosotros no teníamos ni un minuto de haber pasado junto a ellos. Qué increíble, verdad, que entonces no nos pasara nada y que ahora Olga María venga a morir de esta manera. Te juro que casi nos da un ataque de nervios. No sé cómo logramos llegar al carro y salir de ahí. Dos de esos gringos estaban guapísimos. Tengo tan presente cómo se nos quedaron viendo cuando pasamos con Olga María junto a su mesa. Y eso precisamente íbamos comentando, aunque no lo creás, aunque te parezca invención mía, que qué papacitos estaban el par de gringos, cuando de pronto comenzó la balacera. Detesto manejar en los entierros. La gente la odia a una; se hacen los grandes embotellamientos. Me siento como que estoy en vitrina. Si no fuera tan amiga de Olga María me hubiera ido directamente al cementerio, sin seguir el cortejo; es lo que acostumbro hacer cuando la gente no es tan cercana. Alcanzame ese casete de Miguel Bosé. Papacito. Me encanta. Ya enfrió el aire acondicionado, qué bueno. No sé por qué esa carroza va tan despacio. Casi no avanza. ¿Qué le pasará? Quizás se debe a que vamos demasiados carros. Te aseguro que éste es uno de los cortejos más numerosos en los últimos tiempos. Las familias de Olga María y Marito son tan conocidísimas, por eso; bueno, en verdad más la de Olga María. A propósito, ¿viste qué guapa está Diana? Se parece tanto a Olga María; es como su fotocopia. El clima de Miami le ha sentado muy bien. Un bronceado así quisiera tener yo. Pero este sol de aquí es bien bruto: quema, la pone a una como camarón y el bronceado no dura nada. Le está yendo requetebién a Diana allá en Miami. Estuvimos platicando largamente hoy en la mañana. Le conté cómo habían sucedido los hechos. Ella sospecha que hay algo oculto. Me dijo que no se piensa quedar de brazos cruzados, que incluso está dispuesta a contratar a un detective gringo para que venga a investigar; no le tiene ninguna confianza a esta policía. Yo tampoco, peor a ese subcomisionado Handal, un verdadero patán. ¿No te conté que hoy a mediodía se puso a interrogarme? Estúpido. Quiere que le revele las intimidades de Olga María para poder confirmar sus sucias sospechas. Incluso me amenazó, que si no cooperaba con él, me haría un citatorio oficial. Haceme el favor. Le dije que de una buena vez preguntara lo que quería saber, pero le advertí que sólo le respondería lo que me diera la gana. ¿Y sabés lo que me preguntó? Si sabía de un seguro de vida que Marito había comprado para Olga María. Le dije que esas cosas la gente decente no se las anda contando a nadie y que por lo general los seguros son familiares y que cualquier familia que se respete tiene uno. Haceme el favor. Un verdadero cafre ese tal subcomisionado Handal. En vez de buscar al asesino, se dedica a hurgar en la vida familiar de Olga María. Se lo dije, que no fuera canalla, que lo que me estaba insinuando era que Marito había mandado a matar a Olga María para cobrar un seguro, y que eso era una absoluta canallada que yo no estaba dispuesta a tolerar. Me dijo que no lo entendiera mal, que nada más estaba constatando su información y de ninguna manera estaba sugiriendo que el señor Trabanino hubiera ordenado el asesinato de su esposa. Así dijo el imbécil: «el señor Trabanino». Y entonces se me dejó venir con patada. ¿Sabés lo que me preguntó? Que si yo sabía qué tipo de relación había existido entre Olga María y el licenciado Gastón Berrenechea. Para qué me mencionó eso. Estábamos en la sala de afuera de la funeraria y casi no había gente. Pero todos me deben de haber oído cuando le grité que no fuera malnacido, que respetara a la muerta y que saliera inmediatamente de ahí si no quería que fuera a buscar a los familiares de Olga María para que lo sacaran a patadas. Imaginate qué bárbaro. Éste seguramente fue terrorista o algo así. Con esta nueva policía formada luego de la firma de la paz con los comunistas una ya no sabe. No dudo que el tal Handal forme parte de los enemigos del Yuca. Mejor tener cuidado con sujetos de esa calaña. ¡Te imaginás el escándalo que podrían armar si filtraran a la prensa que el Yuca tuvo un affair con Olga María! Me da escalofrío de sólo pensarlo: acabarían con la carrera política de aquél. Qué ruta más rara la que ha tomado el chofer del carro fúnebre. Yo hubiera doblado aquí a la izquierda; es lo más lógico. ¿Para qué quiere atravesar toda la colonia San Francisco? Mejor se hubiera metido por esta calle hacia la colonia San Mateo. Me encanta esa canción de Miguel Bosé, sobre todo esa partecita donde silba. ¿Y la Diana en el carro de quién se metió? Ah, va con Marito, doña Olga y las niñas. ¿Y la niña Julia? No la veo. Tendría que ir en el carro de Sergio y la Cuca. O quizás la mandaron a cuidar la casa; aunque no creo. Me preocupa que ese subcomisionado Handal ande husmeando la relación entre Olga María y el Yuca. Debo advertirle a éste. Voy a aprovechar cuando estemos en el cementerio. ¿Cómo se habrá enterado si sólo lo sabíamos Olga María y yo? No creo que la niña Julia se haya dado cuenta; y aunque supiera no se lo diría a un sujeto así. La otra posibilidad es que alguna de las muchachas de la boutique –o Cheli o Conchita– haya metido la pata. Les voy a advertir que se abstengan de hablar con ese policía. Odio tener que estar cambiando de velocidad a cada rato; y cómo se calienta el motor del carro al ir tan despacio. No entiendo por qué no hay cementerios en las zonas decentes. Todos están bien lejos y perdidos, niña, rodeados de barrios peligrosos. Bueno, la verdad es que esta ciudad está infectada de zonas marginales. Eso me dijo Diana, que siempre le había sorprendido la forma en que las colonias de la gente decente están prácticamente rodeadas por zonas marginales, por el pobrerío de donde sale la delincuencia. Por eso es tan fácil que a una la maten sin que nadie pueda hacer nada, como en el caso de Olga María: los delincuentes cometen su fechoría y de inmediato llegan a sus guaridas. En otras ciudades no es así: una vive en un lado y los malhechores en otro, con millas de distancia, como debe ser. Pero en este país todo está tan pegadito. La propia Olga María me mostró que a la entrada de su colonia, cerca de la zona marginal, había tres casas contiguas, pared con pared: en una está una escuela primaria, en la siguiente un prostíbulo y en la otra una iglesia evangélica. ¡Te podés imaginar! Una locura. Este semáforo troceará el cortejo. Nos vamos a perder unos de otros. Cuesta un mundo que vuelva a dar la luz verde. Debimos haber traído a un policía para que detuviera el tráfico; no sé por qué no se le ocurrió a nadie contratar a un policía. Ese mugroso subcomisionado Handal se debería dedicar a eso, en vez de andar fisgoneando donde no debe. Lo bueno es que de aquí en adelante, una vez en la autopista, ya no hay tanto problema, hasta que lleguemos a las cercanías del cementerio, donde las callecitas son horribles, estrechísimas. Diana me dijo que sólo se quedará tres días en el país; no puede permanecer más, por su empleo, es alta ejecutiva de una empresa de computación con sede en Miami y está terminando su maestría en administración de negocios. Un talento la niña. Es tres años menor que Olga María y que yo. Don Sergio la envió a estudiar la high school y desde entonces se quedó en Miami. Sólo viene de vez en cuando, una vez al año cuando mucho, sobre todo después de la muerte de don Sergio; prefiere llevarse a doña Olga, para que descanse allá. Me estuvo preguntando sobre lo que había hecho Olga María en los últimos tiempos; habían tenido muy poca comunicación, según me dijo. Yo no me voy a poner a contarle todo lo que Olga María no le contó; no quiero meter las patas. Le interesa en especial saber si yo sospecho de alguien, si tengo idea de alguien que pudiera haber ordenado el crimen, porque para ella fue un hecho planificado y ordenado por un interesado en deshacerse de Olga María. Insistió, niña, casi como el tal subcomisionado Handal, en que le revelara lo que pienso. Le dije que en verdad para mí todo es muy confuso. No conozco a nadie que pudiera haber pensado en cometer semejante barbaridad. Pudo haber sido una confusión. Pero Diana dice que no pudo haber tal confusión, que el criminal estaba esperando precisamente a Olga María, que sabía a quién estaba matando. ¿Y si hubiera sido un mensaje contra Marito?, se me ocurrió preguntarme en voz alta. ¡Para qué dije eso, niña! Diana comenzó a interrogarme que si sabía algo al respecto. Le respondí que no, que nada más era una suposición sin fundamento. ¡Imagínate si le hubiera contado de las relaciones de Olga María con José Carlos o con el Yuca, quién sabe lo que se hubiera imaginado! Está muy excitada, la pobre. A cualquiera le sucedería lo mismo en su situación. Ya llegamos al redondel; a ver si de aquí hasta El Ranchón el tipo de la carroza fúnebre aumenta la velocidad. Vamos demasiado despacio. Pero lo que más me preocupa es lo del Yuca, que el subcomisionado Handal ya esté especulando al respecto. Al Yuca yo lo quiero muchísimo; y él me tiene una gran confianza. Fíjate que cuando no funcionó su relación con Olga María y ésta no me quiso contar los detalles, fue el propio Yuca quien lo hizo. El pobre andaba abatidísimo, desesperado. Me llamó a la casa y me dijo que necesitaba verme, con urgencia. Yo ya sabía de lo que se trataba, pero estaba sorprendida pues hacía años que el Yuca no me llamaba, desde que se metió en política y se casó con la Kati. Antes éramos bastante amigos, hasta estuve saliendo con él un tiempo. ¿No te había contado? Sí. No llegamos a nada. Pero salimos varias veces. Por eso no me sorprendí totalmente cuando recibí su llamada. Al principio pensé hablar con Olga María antes de encontrarme con el Yuca, pero después me dije que si ella no me había querido contar nada, era mejor no insistir. Quedamos en que yo llegaría la tarde siguiente a la casa de la Miramonte, adonde había llevado a Olga María. Buscá ahí el casete de José María, por favor, me encanta ese cantante español. ¿Lo has escuchado? Lo encontré tan cambiado al pobre Yuca. Guapísimo, como siempre, pero la política envejece a la gente, niña. Es una lástima. Lo que más me impresionó fue su estado de ansiedad. Increíble. Nunca había visto a alguien tan ansioso. No podía estarse quieto. A cada instante se ponía de pie, se paseaba, telefoneaba por un celular o se comunicaba a través de un radiotransmisor. Comprendí que el Yuca ocupaba esa casa como una especie de oficina secreta. Adentro sólo estábamos él y yo; pero afuera, en el jardín y en la cochera, había una media docena de guardaespaldas. Desde que entré comenzó a decirme que yo debía convencer a Olga María que volviera a encontrarse con él, que yo era la mejor amiga de ella y sólo yo podía cumplir esa función, que él siempre me lo agradecería. Ni siquiera esperó a que me sentara, que me acomodara en el sofá; ni siquiera me ofreció algo de tomar, sino que de inmediato comenzó a perorar sobre lo que yo debía decir a Olga María. Estaba como poseído. Le dije que se calmara, que me diera algo de beber, que adónde había dejado sus buenas maneras, que se fijara bien, yo era Laura, no cualquier recadera, que bajara del avión.

Entonces me ofreció un whisky y se sirvió otro él, pero no cualquier trago sino más de medio vaso, y se lo zampó casi de un solo. Me di cuenta que El Yuca estaba verdaderamente mal, necesitaba ayuda. Le pregunte qué carajos le pasaba; le pedí que se calmara, que tomara asiento. Éstas son las callecitas que te digo que no me gustan. ¿Cómo se llama aquí? ¿Colonia Costa Rica? ¿Estás segura? Yo me puedo bien la ruta, de tanto venir a enterrar gente, pero nunca he sabido el nombre. Después de pasar por abajo de ese puente ya se ve el cementerio. A donde sí no sé llegar es al cementerio general, al que está por el centro; por ahí me pierdo, niña; aunque yo creo que ya no entierran a nadie ahí. Te decía que el Yuca medio se calmó. Yo le expliqué que no podía hacer nada por él hasta que me contara con detalle qué había sucedido entre él y Olga María. Y le advertí que no se anduviera con cuentos, que me dijera la pura verdad con pelos y señales. Reaccionó sorprendido: él creía que Olga María ya me había contado todo. Le dije que no, que aquélla era una mujer reservada y que nada más me había dicho que la relación entre ellos no había funcionado. Entonces el Yuca me pidió que lo esperara un segundo, que necesitaba ir al servicio y se fue a la carrera. Qué trabazón se ha hecho, niña. No está avanzando nadie. Por eso me caen mal estas callecitas, porque con cualquier cosa se hace tremendo embotellamiento. Podemos estar aquí hasta quince minutos. Ya me ha sucedido. Es que en seguida del puente la callecita se hace más estrecha aún, a veces no puede pasar ni la limusina fúnebre. Qué pereza. Pero te estaba contando lo del Yuca. Aunque me da no sé qué hablar de eso: son cosas tan íntimas. Y sobre todo conociendo la situación política del Yuca, quizás sea inconveniente, hasta peligroso, niña. Pero la verdad que ya lo superó. Ahora lo veo bien, tranquilo, estable, sosegado, seguro de sí mismo, no como esa tarde en que me fui a meter a su guarida. Cuando regresó del servicio venía otra vez alteradísimo, casi con temblorina. Entonces comprendí lo que le estaba pasando. Y me dio miedo, para qué te lo voy a negar. Un hombre de ese calibre en semejante situación es para asustar a cualquiera. Por eso le volví a pedir que se relajara, que se acomodara en el sofá, junto a mí, y me contara lo que le había sucedido con Olga María. Primero se tiró el rollo: que siempre la había querido, que aquélla era lo máximo, que él necesitaba a su lado a una mujer con esa dulzura y comprensión, que la relación con Kati estaba agotada. Ya sabés: lo que los hombres siempre le dicen a una. Yo lo dejé hablar un rato, pero cuando vi que no entraba en materia, le pregunté a boca de jarro por qué Olga María había entrado tan ilusionada a esa casa y había salido con tal decepción. El Yuca estaba sentado muy cerca de mí, en el sofá. Se quedó callado, me miró fijamente a los ojos y comenzó a acariciarme el pelo, con una gran expresión de tristeza. Me dio lástima. Y él supo aprovecharse de eso y de saber que siempre me ha gustado. Se me fue acercando, poco a poco, hasta darme un beso. Lo extraño es que yo no hice nada por evitarlo. Al contrario. Fue como si en ese momento hubiera tenido la sensación de que sólo así iba a calmar a ese hombre, de que sólo así iba a saber lo que había pasado en realidad entre él y Olga María. Es la única explicación que me he podido dar. Lo cierto es que una vez que comenzamos ya no parecía que fuésemos a parar. Es tan guapo el Yuca, tan cariñoso; sabe decir cosas lindísimas. Y tiene un cuerpo, niña, que ni mandado a hacer. Pero a medida que nos besábamos y me trasteaba toda ahí en el sofá le fue creciendo una ansiedad incontrolable. Me decía que le encantaban mis piernas, que quería lamerme enterita. Y casi me arrancó la ropa. Yo llegué desprotegida: con una minifalda gris a cuadros y una blusa blanca. Como no me imaginaba que aquel hombre se me tiraría encima; de haberlo sabido, me hubiera puesto unos pantalones. Alcancé a decirle que tuviera cuidado no me fuera a romper las medias. Pero el tipo ya estaba fuera de sí; lo único que quería era meterme la cabeza entre las piernas, como si fuera perro. Entonces logré agarrarlo del pelo y le grité que se tranquilizara, que así no me gustaba, que ahora comprendía por qué Olga María se había decepcionado tanto con él, que qué le costaba hacer las cosas con suavidad. Pobre Yuca, vos. Todavía me da no sé qué cuando recuerdo la cara que puso. Estaba hincado en el suelo y yo me había puesto de pie. Apoyó la cabeza en el sofá y simple y sencillamente se desmoronó. Horrible. Comenzó a gimotear, aquel hombrón. No quiero ni recordarlo. Murmuraba que lo perdonara, que no podía controlarse, que no era culpa suya sino de esa mugrosa coca. Yo ya me lo suponía, niña, que ese hombre no estaba en sus cabales, que esa ansiedad no era efecto del whisky. Me volví a sentar y le empecé a sobar la cabeza, a decirle que no se preocupara, que yo era su amiga, debía tenerme total confianza, que me contara lo que le sucedía, yo le ayudaría a recuperar a Olga María. Poco a poco se fue calmando. Yo me apresuré a arreglarme, no fuera a ser que se le ocurriera entrar a un guardaespaldas. Fue hasta entonces que comenzó a contarme la historia, así, hincado en el suelo, con su cabeza apoyada en mis muslos, como si hubiese sido un niño mal portado. Me dijo que con Olga María había sido la misma historia, la misma ansiedad, el mismo diablo arruinándolo todo, porque él ya a esa altura no se controlaba y se atipujaba de coca cada quince minutos, y cuando Olga María le dijo lo mismo que yo, que se tranquilizara, que tuviera calma, él reaccionó de manera distinta, porque la había deseado durante tanto tiempo, porque la había estado esperando durante años como para detenerse. Y ella, te podés imaginar, niña, trató de zafarse de esa locura. Y el Yuca, estúpido, la forzó hasta la cama. Me lo dijo él, ahí, señalando la habitación a la que la había llevado virtualmente a la fuerza, donde la desnudó a los zarpazos. Y aquélla, con su carácter, lo rechazó, así como yo hice. Pero él no se detuvo, como conmigo, sino que se le tiró encima hasta que le metió la cara entre las piernas, absolutamente poseído, desesperado, hasta que Olga María no tuvo otra alternativa que ceder, asqueada me imagino. Y después vino lo peor, lo que más atormentaba al Yuca, el hecho de que con tanta droga adentro el asunto no se le parara. Espantoso, niña. ¡Imaginate a ese cuero de hombre, todo para vos, y que no se le pare el asunto por culpa de su vicio! Por eso la ansiedad, la desesperación, las ganas de chupar y chupar, porque él tenía conciencia de que el asunto no le funcionaba cuando estaba intoxicado de coca. Una tragedia. Entonces comprendí por qué Olga María había salido tan decepcionada, por qué había decidido no contarme nada y romper radicalmente la relación con el Yuca. Tenía razón, niña. Con un hombre así no tiene sentido estarse arriesgando. Pero ese primer día, luego del numerito, el Yuca le dijo que lo sentía, que lo perdonara, él no acostumbraba actuar así ni drogarse tanto, le prometió que eso no volvería a suceder, que la próxima vez él estaría sano. De ahí que Olga María haya vuelto una vez más. Pero sucedió lo mismito: el hombre totalmente intoxicado, impotente, ansioso, desesperado, algo patético. Así como te lo cuento me lo contó el Yuca, hincado, con su cabeza apoyada en mis piernas, deshecho, llorando, aunque no lo creás. Fue cuando le dije que sólo tenía una opción: tomar el próximo avión hacia Estados Unidos y recluirse en una clínica para que lo desintoxicaran. Era lo único sensato, la única manera de tener una oportunidad para recuperar su relación con Olga María. Y el Yuca me hizo caso, niña. No sé si solamente yo se lo recomendé, pero el hecho es que tres días después iba para Houston, a un chequeo médico de rutina según la información oficial del partido. Vaya, al fin avanzamos. Creo que es la vez que más me he tardado en llegar a este cementerio. Te dije que en este trayecto, después del puente, es tan angosta la calle que una puede esperar un mundo; sólo se necesita un imbécil para que se detenga todo el tráfico. Claro que con Olga María comentamos sobre el Yuca. Yo le relaté detalladamente lo que me había sucedido; no le dije que me había dejado besar, niña, fuera ser que ellos restablecieran su relación y yo quedara bien trabada. Y cuando el Yuca partió hacia Houston la llamé para darle la buena nueva, porque ella no le recibía llamadas a aquél. Le dije que ahora, cuando el Yuca regresara curado, podían darse otra oportunidad. Pero ya ves el estilo de Olga María. Toda displicente me dijo que por nada del mundo volvería a meterse con el Yuca, que para ella ése era un capítulo cerrado, ni loca se enredaría nuevamente con un sujeto así. Y quizás tenía razón, niña, pero a mí el Yuca me daba lástima, porque lo que más lo motivó a tomar la decisión de aceptar el tratamiento fue la posibilidad de volver a verse con Olga María. Eso es lo que yo creo. No puedo pensar que lo haya hecho por la Kati; esa relación a él no le interesa más. Ya llegamos, niña. Qué lindos los gramales, bien cortaditos. Se siente la tranquilidad, ¿verdad? Este es el mejor cementerio de todos. Dicen que es del turco Facussé, el dueño del Canal 11; que ha hecho un dineral con tanto muerto, pisto suficiente como para comprar y mantener el canal. Mi papá lo odia. Bueno, niña, mi papá odia a todos los turcos. Nunca he entendido por qué. Es algo visceral. Dice que los turcos antes no eran nada en este país y que gracias a la agresión comunista se convirtieron en los nuevos dueños del país. Mi papá tiene sus ideas. Para él, los turcos son los culpables de un montón de cosas malas. Y ahora que recapacito debe de tener algo de razón, pues ese tal subcomisionado Handal turco tenía que ser. Pero el cementerio está lindo, ¿verdad? A Olga María le encantaba. Aquí está enterrado don Sergio; la enterrarán junto a él. Va costar un mundo parquearnos, con tanto carro. Y la salida será de locos. Mirá esa parte, yo no la conocía: cómo ha crecido este cementerio. El turco ha de estar forrado en plata. Me voy a parquear de aquel lado, bajo el árbol, cerca de esa glorieta, porque el sol todavía está bravo. Ay, niña, ojalá no se me haya ajado la falda. Es lo que no me gusta de esta tela: se aja con facilidad. No te preocupés: las dos puertas agarran llave automáticamente. Híjole, qué montón de carros. Venite por acá. Dejemos que la familia vaya adelante. Qué lindos se ven todos ellos juntos llevando el ataúd: Marito, José Carlos, El Yuca y Sergio. Los cuatro hombres que más la quisieron. Yo digo que aquélla estaría feliz de verlos juntos. Acerquémonos más. Mirá a doña Olga, pobrecita. Qué tragedia, niña. ¿Vos traés más kleenex? Malditos, cómo le pudieron hacer semejante cosa. No tienen entrañas. Mis niñas, vengan para acá.

3

NOVENARIO

Te llamo, niña, porque ya no te pude contar nada en la misa. Mi mamá estaba dale que dale con que la acompañara a Galerías a comprar un regalo para un té que tiene mañana. No le pude decir que no. Han dejado bien lindo ese centro comercial. Lo que no me gusta es ese caserón colonial que quedó en medio; lo hubieran botado: un chipuste horrible, rodeado de tiendas lindas y modernas. Nos tardamos un mundo. Ya sabés cómo es mi mamá cuando va de compras: nunca se decide. Venimos hace como quince minutos. Por eso no te había llamado. Linda estuvo la misa, verdad, niña. Montón de gente. Me encantó lo que dijo el cura sobre los muertos: se aplica cabalito a Olga María. Eso de los espíritus puros, entregados a ayudar al prójimo. Precioso. Ese cura me gusta: sólo habla de cosas espirituales; no tiene nada de comunista, como ese tal Ramírez que a veces da misa ahí en esa iglesia. Todo mundo andaba en la misa: hasta José Carlos, que es un gran ateo. Sólo mi papá faltó. No hay manera de hacerlo ir a la iglesia. Nunca he visto a alguien que odie a los curas de tal manera. Le da lo mismo que sean comunistas, como esos jesuitas, o buenas gentes, como éste que le tocó a Olga María; para mi papá todos son lo mismo. A mi mamá siempre le da pena cuando tiene compromisos en la iglesia y aparece sola, mientras que todas sus amigas van en pareja. Viste a la Kati, niña. Cómo ha engordado. Yo creo que el truene con el Yuca la tiene así. Dicen que se van a divorciar, a saber. Yo sólo he hablado una vez con el Yuca desde que regresó del tratamiento en Houston. Me llamó por teléfono para preguntarme por Olga María. Es que aquélla nunca le volvió a recibir una llamada. Así se murió: una vez que se le metía una idea no había manera de hacerla cambiar. El Yuca, pobre, venía bien esperanzado, con la creencia de que Olga María aceptaría verlo otra vez. Insistió en que yo debía convencerla de que él ya se había regenerado, que venía como nuevo. No lo quise desilusionar del todo, pero le dije que iba a estar difícil, él ya sabía cómo era el carácter de Olga María. No volví a platicar con él hasta en el velorio de aquélla. Apenas tuvimos tiempo de saludarnos. Estaba tan destrozado. Pero yo sí creo que la relación con la Kati no tiene futuro. Aunque no me parece que se vayan a divorciar. ¡Imaginate el escándalo! Y lo que diría don Federico. El Yuca tiene mucho que perder. La Kati es la hija favorita de don Federico. Yo creo que esa situación es la que tiene jodido al Yuca, por eso se metió en la coca de una forma tan compulsiva. Es horrible tener que vivir con alguien a quien ya no aguantás. Yo he experimentado eso en carne propia. Por suerte me deshice de Alberto en cuanto pude. Pero el pobre Yuca, en su posición política, con sus intereses económicos, todo tan ligado al poder de don Federico, no puede mandar al carajo a la Kati, aunque se lo proponga. Yo pienso que él ya lo entendió y por eso buscó la relación con Olga María como una especie de tabla de salvación. Era ideal, niña: tener una amante a la que querés más que a tu esposa. Pero Olga María nunca pensó embarcarse en algo tan serio; estoy segura. Ahora todo eso es pasado. Para la Kati debe de ser horrible también. Yo que ella hablaría claro con don Federico, para que el señor comprenda que ese matrimonio no se puede sostener, para que entienda de una buena vez que una cosa es su relación de apoyo político y económico al Yuca, y otra cosa el matrimonio de su hija. Pero dicen que don Federico es tan terco y dominante. No le ha de quedar otra salida a la Kati que mantenerse comiendo, para controlar los nervios. Así como el Yuca se metió en la coca, la Kati debe pasar come que come. Por eso está tan gorda. Es lo que se me ocurre, lo lógico. ¿No te parece, niña? Pero la

Kati es lista. ¿Viste el vestido holgado que andaba puesto? Superelegante ese vestido y le ayudaba a disimular todo lo que ha engordado. Yo nunca me he llevado bien con ella, para qué te voy a mentir. Muy creída; sólo porque tiene ese montón de plata más que una. Y yo creo que ella sabe que el Yuca anduvo tras de mis huesos. Lo que más me cae mal es que no para de hablar; te juro que nunca he conocido una persona que hable más que la Kati. Se cree que una tiene que oírle todas sus babosadas. No se detiene: habla que habla. No te voy a negar que a veces una habla más de lo debido, a mí me sucede, que me agarra esa chocolilla de no poder parar de hablar, pero me quedo chiquita a la par de la Kati. Por eso la evito. Me pone los nervios de punta con esa su cháchara interminable. No sé cómo hace el Yuca para aguantarla; sólo por la plata de don Federico. Pero lo que te quería comentar es que por fin el tal subcomisionado Handal me hizo el largo interrogatorio. No me pude negar. Han pasado tantas cosas en estos últimos días desde que mataron a Olga María. Prácticamente todo el país está atento al caso, sobre todo una vez que capturaron al culpable. Por eso acepté el interrogatorio, porque si ya tienen al culpable no es una pérdida de tiempo lo que yo les pueda decir. Fue hoy en la mañana: el subcomisionado Handal y ese sabueso que lo acompaña de nombre Villalta llegaron a mi casa. Mi papá me había aconsejado que tuviera cuidado con esos sujetos y que hiciera mi propia grabación de la entrevista. Porque no era un interrogatorio judicial, algo que formara parte de un juicio, sino una entrevista. Mi papá me dijo que si yo quería él podía enviar a su abogado para que me acompañara mientras los policías hacían sus preguntas. Pero era concederles mucha importancia y darles la impresión de que una se puede intimidar ante gente tan rastrera. Por eso preferí estar sola, con mi grabadora, en la sala de la casa. Los hice esperar como media hora, para que tuvieran conciencia de que no somos iguales. Cuando entré no les di la mano: ese tipo de gente malinterpreta cualquier cortesía.

Puse cara de enojada y les dije que comenzaran de una vez lo que querían preguntar y que me dieran las gracias porque yo había permitido que interrogaran a Olguita la misma tarde del crimen y que gracias a que yo permití ese interrogatorio ellos habían conseguido el retrato hablado del criminal y que si la niña no les hubiera dicho que se parecía a Robocop, el policía de la televisión, ellos todavía estuvieran buscando pistas. Lo que les quería dejar en claro era que el mérito de la captura de ese Robocop no era de la policía sino de Olguita. En seguida les pregunté qué les había confesado el tal Robocop, si ya tenían el nombre del autor intelectual del crimen, que me revelaran algo más de lo que decían los periódicos. Pero el tal subcomisionado Handal estaba supertranquilo, distinto a como lo había visto las veces anteriores; quizás lo relajaba el hecho de que ya tuviera capturado al criminal. Me dijo que Robocop se mantenía en silencio, no había revelado mayor cosa, pero que ellos seguían algunas líneas de investigación que sin duda llevarían a descubrir los móviles y el autor intelectual del crimen. Así dijo: «los móviles y el autor intelectual». El muy payaso, como si estuviera en la televisión. Para mi sorpresa, antes que otra cosa, me preguntó sobre José Carlos: su amistad con Marito, cómo se llevaba con Olga María, por qué se disponía a salir del país. Le dije lo que todo mundo sabe, aunque no le iba a mencionar el enculamiento con Olga María. Y entonces me preguntó algo que me dejó lela: si yo sabía de la existencia de unas fotos tomadas por José Carlos en las que aparecía Olga María completamente desnuda e incluso en posiciones obscenas. Me quedé con la boca abierta. Olga María no me había hablado de esas fotos. Así se lo dije al tal subcomisionado Handal. Y es cierto: yo no sé nada de eso. Por eso le pregunté que quién le había contado semejante calumnia, que José Carlos era un artista, que las fotos que le había tomado a Olga María yo las había visto y no tenían nada indecente. Entonces me preguntó si yo creía capaz a José Carlos de estar chantajeando a la familia Trabanino con esas fotos. ¡Imaginate la mente cochambrosa de ese policía! Me exalté: le dije que en primer lugar no existían esas fotos y que en segundo lugar José Carlos era incapaz de ideas canallas que sólo se le podían ocurrir a un policía desvergonzado. Me dijo que me calmara, él nada más estaba tratando de desechar hipótesis, ésa era la intención de la entrevista. Le puse en claro que no me gustaba para nada su manera de «investigar», que nunca había escuchado que se le llamara «investigación» ni «hipótesis» al hecho de calumniar a gente buena y honrada. No se dio por aludido, sino que me preguntó si Olga María había estado enamorada de José Carlos o si nada más se trató de una aventurilla. Lo que no he logrado detectar, niña, es de dónde ha sacado este tal subcomisionado Handal tanta información sobre la vida privada de aquélla. Me da rabia. Quisiera saber quién es la deslenguada que anda haciendo suposiciones sobre Olga María. Sospecho que tiene que ser una de las dos: o Cheli o Conchita. Yo ya les advertí que se abstengan de hacer suposiciones y de andar comentando babosadas, mucho menos con la policía, pero como que no han entendido. ¿Las viste hoy en la misa de fin de novenario? Parecen inocentes palomitas. Pero una de las dos está en la traición. Estoy segurísima. Ya van dos veces que voy a la boutique a advertirles. Y ellas dicen que no me preocupe, que por nada del mundo ellas denigrarían la imagen de doña Olguita, como aún le dicen a Olga María. Pero yo conozco a esa gente: no me engañan con su modito de mosquita muerta. Cuando descubra quién es la que está hablando más de la cuenta, entonces van a saber quién soy yo. Mierdosas; ya me enojé de sólo recordarlo. Y entonces que el tal subcomisionado Handal va sacando una foto donde Olga María está desnuda, tirada en un sofá, aunque no se le ven sus partes. No me cupo ninguna duda de que José Carlos había tomado esa foto. Te juro que no podía salir de mi sorpresa. Olga María no me comentó nada de eso. Increíble. Yo creí que me tenía más confianza. Pero aquélla se guardaba sus cosas. Ahora ya no entiendo nada. El subcomisionado Handal no cabía en su placer, al verme boquiabierta, muda en mi asombro. Hasta que le pregunté de dónde había sacado la foto. Él creyó que ya me le había rendido porque en vez de responderme empezó a interrogarme: que no le mintiera, que si sabía de la existencia de esa foto yo debía aceptarlo, que mi colaboración era indispensable para avanzar en la investigación sobre el crimen de mi mejor amiga. Y enfatizó eso de «mi mejor amiga», de una manera que no me gustó para nada. Logré recuperar el control. Le dije que él era un ladrón, que esa foto sin duda la había hurtado, de ninguna otra manera hubiera podido conseguirla. Me dijo, impasible, que la encontró entre las pertenencias de Olga María. Como si yo fuera una imbécil. Imaginate. ¡Cómo voy a creerle que Olga María iba a tener una foto así en su casa, arriesgándose a que Marito la encontrara! Así se lo dije: que no le creía, que le fuera con ese cuento a otra, que ése era un montaje, que con los nuevos programas de computación ahora se puede hacer cualquier cosa, que no fuera a pensar que yo iba a caer en su sucia estratagema que no tenía otro propósito que involucrar a José Carlos en el crimen de Olga María. Pobre José Carlos, niña. Tan sinceramente enamorado de Olga María: nunca se le iba ocurrir chantajearla. Seguro que el tal subcomisionado Handal fue a registrar el estudio de José Carlos, encontró esa foto y me quería hacer caer en una trampa. Ésa era su intención. Lo descubrí de inmediato, cuando volvió con el tema del Yuca: me preguntó qué sabía yo de la relación de éste con Olga María. Me le quedé viendo como quien dice «¡qué animal!». Y entonces fue que soltó la truculencia que se traía entre manos: si yo creía que la señora de Berrenechea estaba molesta por el affair entre su marido y la señora de Trabanino. ¡Qué bruto! Vieras la manera como pronunció «affair», el muy bestia. Me puse de pie y le dije que saliera inmediatamente de mi casa y que tuviera mucho cuidado, se estaba metiendo en un gran problema si pensaba que podía andar difamando a la Kati así como así, que él no tenía ni la menor idea de la reacción que tendría don Federico Schultz al saber que un cualquiera se dedicaba a insinuar cochinamente que su hija estaba involucrada en el asesinato de Olga María. Se lo dije a los gritos, niña. Y que tuviera más cuidado con el Yuca, porque yo ya le había advertido que un policía coludido con los comunistas estaba armando una calumnia para vincularlo con el crimen de Olga María. Y no es broma, niña. El mismo día del entierro, en el momento en que me acerqué a hablar con el Yuca, lo hice a un lado de Kati, y le conté lo que el tal subcomisionado Handal ha estado tramando. Vi que el Yuca se alarmó. Me preguntó cómo se habría dado cuenta ese policía de su relación con Olga María. Yo qué iba a saber. Pero le advertí que tomara precauciones. El Yuca es amigo del director de la Policía, y también del ministro de Seguridad Pública. Me extraña que aún no hayan relevado del caso a ese tal subcomisionado Handal. Te cuento todo esto, niña, pero no lo vayás a repetir; es delicadísimo. Esperame, esperame un segundito que mi mamá me está haciendo señas. Que encienda mi televisión, dice, que están pasando noticias sobre lo de Olga María en el noticiero. Esperame, es en el Canal 2. Yo odio los noticieros: sólo hablan de política. Qué aburrido. Pero desde que sucedió lo de Olga María estoy atenta a todo lo que digan. Ahí está. ¿Lo estás viendo vos también, niña? Mirá qué animal, qué cara de criminal. Entre más lo veo más criminal me parece. Lo agarraron en Soyapango, en un gran operativo. Es un exsargento del batallón Acahuapa. Lo reconocieron gracias a la descripción de las niñas: en este país no existen muchos militares que se parezcan a Robocop. Hijo de puta, bestia. Lástima que no haya pena de muerte. Deberían fusilarlo, niña, como en Guatemala, ¿viste en la tele el fusilamiento del último indio? Ahí no se andan con contemplaciones: indio criminal al paredón. Así debe ser. Si en los países más civilizados como Estados Unidos aplican la pena de muerte, ¿por qué aquí no? Un sujeto así no se compone. Dice mi papá que por culpa de los curas es que no hay pena de muerte. En eso estoy de acuerdo con él: te aseguro que después de fusilar a una docena de canallas como éste se la pensarían antes de cometer fechorías contra las personas decentes. Las bestias no entienden de razones. Con esa mirada de criminal, ¿vos creés que se regeneraría? Deberían fusilarlo, sin juicio ni nada. Claro, sí, que antes revele el nombre del autor intelectual; aunque un animal de ésos no suelta prenda. Pero no te terminé de contar lo de la visita del tal subcomisionado Handal. Yo creí que iba a salir en seguida de la gritada que le pegué. Pero ni siquiera se puso de pie. El que sí estaba aterrado, a punto de meterse bajo el sofá, como si fuera chucho regañado, era el detective que lo acompañaba, ése de nombre Villalta, un tipo que por la jeta podría ser hermano del hijo de puta de Robocop. Qué mundo. Te decía que el tal subcomisio nado Handal permaneció tranquilo, sentado en el sillón, mirándome fijamente, como si yo le hubiera estado diciendo dulzuras. Entonces me preguntó que si ya me había desahogado, que por favor volviera a sentarme, él necesitaba terminar la entrevista para no tener que estar me molestando a cada rato. Lo dijo con tal serenidad que me desarmó. Le hice caso. Y volvió con el tema del Yuca, la Kati y Olga María. Me aseguró que él no tenía ninguna intención de hacer juicios sobre la vida privada de nadie, mucho menos de una persona que había sido asesinada de una manera tan monstruosa, pero que su deber consistía en agotar las líneas de investigación y que una de ellas apuntaba a que el asesinato tuviera un origen pasional, aunque no fuera la única ni la más importante. Me dijo que él tenía información precisa sobre las relaciones de Olga María con José Carlos y con el Yuca, que él entendía que yo no quisiera hablar de eso, que defendiera férreamente la vida privada de mi amiga, pero que los datos de los que él disponía indicaban que yo estaba al tanto de tales relaciones. El tal subcomisionado Handal me habló tan suave, sin malicia, que ya no pude exaltarme, niña. Sólo alcancé a preguntarle quién le había proporcionado esa información. Me dijo que no podía revelar sus fuentes, que él mantenía la confidencialidad de su trabajo, cualquier cosa que yo le dijera él la manejaría con la mayor discreción, que le tuviera confianza. Su propósito de entrevistarse conmigo era precisamente profundizar en las relaciones de Olga María con sus amigos, no para hacer un escándalo ni nada por el estilo, sino para agotar esa línea de investigación. Así dijo. Y agregó que su trabajo era apolítico, que en ningún momento se había propuesto afectar el prestigio de don Gastón Berrenechea, mucho menos de su esposa. Quizás porque ya estoy cansada de todo esto, o por el tonito suave con que me lo dijo, o porque al final de cuentas el hombre está haciendo bien su trabajo pues ya ha capturado al criminal, lo cierto es que comencé a responderle la mayor parte de preguntas. Le dije que sí, que José Carlos estaba enamorado de Olga María, que se habían visto en varias ocasiones, en el estudio de aquél y que Marito no se había enterado del asunto. Pero le aclaré que yo no sabía nada de fotos pornográficas, ni de chantajes, que en verdad consideraba a José Carlos incapaz de algo así. Entonces le exigí que me dijera de dónde había sacado la foto de Olga María si quería que yo siguiera hablando. Insistió en que no me lo podía revelar. Le pregunté si había más fotos o ésa era la única. Y como guardó silencio, niña, yo no abrí más la boca. Les dije que la entrevista había terminado, que por favor se retiraran porque yo me sentía cansada. Aquí viene mi mamá de vuelta. Espérame un segundito. Que ya va a comenzar la telenovela brasileña, dice. Sí, la vemos juntas, aunque no lo creás. Yo tampoco imaginé que a mi mamá le fuera a gustar una telenovela de ese estilo, tan audaz, tan erótica. Pero se ha empilado más que yo: no se ha perdido un solo capítulo. A mí me encanta. Nada que ver con esas cochinadas mexicanas hechas para sirvientas. Aunque lo que me molesta es que sea tan larga, parece que nunca va a acabar; y a mí quien me gusta es ese Holofernes, qué papacito, verdad, tremendo hombre, guapísimo, con un nombre tan horrible; quién sabe cómo se llame en la vida real. Si no fuese por Holofernes ya hubiera dejado de ver esa telenovela. La verdad que todavía faltan diez minutos para que comience; mi mamá siempre tan acelerada. Pues sí, me hice la cansada, la que ya no quería hablar, pero el tal subcomisionado Handal venía dispuesto a terminar su trabajo, porque tampoco se movió de su puesto y más bien me preguntó si las relaciones de Olga María con José Carlos y con el Yuca habían coincidido en el tiempo, cuál había sido primero, si alguno de ellos sabía de la existencia del otro, si Marito sospechaba o estaba enterado. Le conté más o menos lo que ya sabemos, pero sin entrar en detalles, porque al final de cuentas el tipo ya tenía la información, de nada serviría que yo me hiciera la idiota. Le subrayé, eso sí, que sólo a un imbécil podía ocurrírsele que un personaje como Gastón Berrenechea, con semejantes intereses políticos y económicos, podía mandar a asesinar a la mujer que amaba, creándose miles de problemas. Eso le dije: que el Yuca era el último interesado en que Olga María muriera, de eso podía estar seguro. Entonces me preguntó por la Kati. Pero en realidad yo no sé si aquélla se dio cuenta de lo que sucedía entre Olga María y su marido. No creo que a ella le importara, además. Para qué te vas a preocupar si un marido al que ya no tolerás sale con una u otra mujer. Ya una ni pregunta, niña. Eso me pasó a mí. La cosa es que Alberto es tan aburrido que no creo que hubiera conseguido que ninguna mujer aceptara su invitación a salir a menos que antes él le mostrara su estado de cuenta bancaria. Por eso le dije al tal subcomisionado Handal que su línea de investigación referente a un crimen de «origen pasional», como él lo llama, no tiene ningún sentido: ni José Carlos, ni el Yuca, ni la Kati, ni mucho menos Marito podían tener interés en la muerte de Olga María. Ésa fue mi conclusión, niña, aunque después me he quedado pensando hasta dónde una puede estar segura de lo que siente o lo que piensa la demás gente. Fijate con Olga María: ¡no haberme enseñado, ni siquiera mencionado, lo de las fotos que José Carlos le tomó desnuda! Y el Yuca, en uno de sus ataques de ansiedad, mortificado por los celos y por el desprecio absoluto de una mujer, con todo el poder del que dispone, ¿de qué no será capaz? Esa entrevista con la policía me ha dejado alterada, no creás. Y de la Kati, Dios me libre, se me han ocurrido cosas horribles, por culpa de las mugrosas ideas de ese policía, por ejemplo que ella quizás se dio cuenta del enredo entre el Yuca y Olga María y, entonces, con el único objetivo de crearle problemas a aquél, pudo haber ordenado el asesinato de ésta. Puras fantasías, como si estuviera atipujada de películas de suspense, pero así he quedado luego de la entrevista con el tal subcomisionado Handal. Imaginate que hasta se me ha ocurrido que el propio don Federico pudo haber ordenado la muerte de Olga María, con la idea de matar tres pájaros de un tiro: acabar con la mujer que estaba desquiciando a su yerno, salvar el matrimonio de su hija y tener más amarrado al Yuca por las sospechas que pudieran recaer sobre éste. Sí, ya sé, niña, que se trata de puras fantasías, cosas así sólo suceden en las telenovelas. Esto me ha pasado por culpa de ese policía metiche e intrigante. Pero antes de que se fuera, le pregunté cuáles eran sus otras líneas de investigación, aparte del «origen pasional», para saber si yo podía aportar alguna información al respecto. El tipo no me quiso soltar prenda; sólo me dijo que si descubría algo interesante o necesitaba entrevistarse conmigo nuevamente, me llamaría por teléfono. Así dijo: «entrevistarse conmigo», como si no hubiera sido un interrogatorio. Y me entregó una tarjetita para que me comunicara con él si yo recordaba algo importante que ayudara a la investigación. A trastornarme la cabeza vino ese canalla. Eso fue hoy en la mañana: estuvieron en casa casi hasta el mediodía. Toda la tarde pasé inquieta por culpa de esos sujetos. No ves que hasta de Marito comencé a pensar mal, Dios guarde, como si el pobre hombre no tuviera suficientes penas y problemas. La mente puede ser traicionera: fijate que llegué a pensar si Marito no tendrá una amante, se dio cuenta del romance entre el Yuca y Olga María y aprovechó para deshacerse de ésta, apuntar las pistas hacia el Yuca y sacar ganancia con el cobro del seguro. Sí, niña, sé que es una infamia. Me dio remordimiento pensar semejante cosa. Todo por culpa de ese subcomisionado Handal. Por eso después del almuerzo me fui donde las niñas, a casa de doña Olga, porque ahora la situación es un desorden, las niñas pasan la mayor parte del tiempo donde su abuela, pero Marito quiere estar con ellas por lo menos a las horas de comida. Lo horrible es que la casa sólo les recuerda el asesinato de Olga María. Imaginate lo tremendo que debe de ser para las niñas entrar a la sala donde esa bestia asesinó a su madre. No es conveniente. Yo ya se lo dije a Marito: que venda esa casa de inmediato. Si no lo hace, las niñas nunca superarán el trauma. Deben vivir en otra casa, en otro espacio, donde puedan olvidar esa barbaridad. Marito está de acuerdo conmigo. Pero no es tan fácil vender la casa y comprar otra. Tardará un par de meses. Mientras tanto lo mejor es que las niñas vivan donde doña Olga, que vayan a su casa únicamente a recoger su ropita y sus juguetes; y entre menos vayan, mejor. A la que le toca bien fregado es a la niña Julia: no se puede ir donde doña Olga, por razones de espacio y porque tampoco puede dejar abandonada la casa de Olga María, con tanto ladrón la desvalijarían en un santiamén. A la pobre le toca estar íngrima, porque Marito casi sólo llega a dormir. Pobrecita la niña Julia, me da una gran lástima, sola en esa casa, llena de recuerdos, con la presencia de Olga María por todas partes, sin mayor oficio que hacer, sin poder ver a las niñas, como viviendo entre fantasmas. Horrible. Doña Olga está de acuerdo conmigo. Lo platicamos hoy en la tarde, cuando fui a ver a las niñas. Hay que hacer algo con la niña Julia: tiene tantos años de trabajar con ellos. Pero por ahora no se puede hacer nada: ni Sergio y la Cuca, ni doña Olga la pueden llevar con ellos. Habrá que esperar a que Marito se cambie de casa, las niñas se reinstalen y la niña Julia se encargue de ellas. Por lo pronto la pobre niña Julia se puede volver loca; eso es lo que me da más miedo. Aquí viene mi mamá, otra vez. Esperame un segundo. Que ya comenzó la telenovela brasileña, dice. Voy a tener que colgar, si no mi mamá no se quedará tranquila. Te llamaré más tarde, o mañana si vas a salir hoy en la noche. Es que hay otro par de ideas que se me ocurrieron a propósito de las sospechas del tal subcomisionado Handal, un par de ideas que podrían servir para encontrar a los autores intelectuales del crimen de Olga María. Te las quiero comentar, pero no así a la carrera, para que me des tu opinión. Hasta estoy tentada de llamar a ese policía para que siga las pistas. Pero son cosas demasiado delicadas. Mejor hablamos después. Vaya pues. Chao.

4

EL BALCÓN

Me encanta este lugar, niña; segunda vez que vengo. Hace como un mes estuvimos en esta misma mesa con Olga María. Lo que me gusta es este ambiente europeo, una se siente como si no estuviera en San Salvador, sólo le falta el aire acondicionado para ser perfecto. Prefiero este lado que da a la calle, cada mesa en su balconcito. La zona no me termina de convencer; mejor si estuviera por las colonias decentes donde una vive, pero tampoco está tan mal. Mirá cuánto carro. Y ese centro comercial de ahí enfrente, qué feo, un adefesio, para sirvientas. ¿Sabés que la dueña es la Mirna Leiva, aquella compañera nuestra de la Escuela Americana? No la veo ahorita por aquí. La vez pasada estaba detrás de la barra. Vivió muchos años fuera, después de su gran problema. ¿Te acordás que la metieron presa por comunista? Pobrecita. Estuvo en Madrid varios años. Es que los abuelos son de allá. Hubo un tiempo en que fuimos íntimas, las tres, con Olga María, teníamos como 13 años, sí, creo que fue antes de entrar a high school, pero después nos distanciamos, sobre todo cuando la capturaron y se hizo el gran escándalo. No entiendo cómo se relacionó con los comunistas, niña. Su familia es gente bien, con fincas de café. Pobrecita, la desheredaron, se la llevó el diablo. Pero ahora con este negocio le está yendo requetebién. Es un éxito. Y es que vale la pena: el vino y la comida te salen casi regalados para la calidad. Con Olga María venimos en la noche. Pedimos una botella de vino blanco francés y un plato de quesos y carnes frías. Riquísimo. Platicamos un montón. Creo que fue la última vez que hablamos tanto con aquélla. Andaba guapísima, con una minifalda negra, sus botas altas. Impresionaba; nunca la había visto tan coqueta. Primero fuimos a conocer el lugar; de aquel lado, pasando la barra, tienen revistas y periódicos extranjeros, por si una viene sola y quiere leer. Y después escogimos esta mesa. Olga María estaba medio triste, por su decepción con el Yuca y por los problemas en su relación con Marito, pero después de las primeras copas se puso chispuda, alegre, simpatiquísima. Fijate que la gracia de este lugar son los meseros, estudiantes de la universidad, muchachos guapos, que te dan unas ganas. Dicen que la Mirna los escoge a propósito, para que una se envicie con el lugar. Las malas lenguas, niña: aunque yo, si estuviese en el lugar de Mirna, quién sabe si resistiría la tentación de probarlos. Ése que va ahí es el que nos atendió cuando vinimos con aquélla. Precioso, verdad. Creo que se llama Rodolfo. ¡Hubieras visto a Olga María esa noche! Estuvo platica que platica con ese Rodolfo. Cada vez que pasaba cerca lo llamaba y comenzaba a hacerle preguntas. El pobre cipote ya estaba nervioso. Olga María era cosa seria cuando se picaba. El muchacho nos dijo que estudia segundo año de medicina, que casi todos los meseros son compañeros de universidad, que no tiene novia. Pero ahora no nos atenderá él, mirá, sino éste. Tampoco está mal. ¿Vos qué querés tomar? Apenas son las cinco y media. Muy temprano para beber vino. Yo quiero un capuchino y un pastel de manzana. Y me trae un vaso con agua, ¿oyó? Éste tiene cara de menso. Mirá ésa que va ahí, en el carro rojo, ¿no es la Cuca? Es ella. Claro. ¿Qué andará haciendo por aquí? Pobrecita, la Cuca, bien poquita cosa para Sergio. No entiendo cómo un hombre tan guapo pudo acabar en manos de esa mujer; aunque ella es bien buena gente, verdad. Pues esa noche, con Olga María, vieras cómo nos divertimos. Ya al final hasta nos pusimos a patanear, aunque en voz baja, puro cuchicheo, para que nadie nos escuchara. Aquélla me decía que por qué no nos llevábamos al meserito ése, que ella quería comérselo. Sí, niña, con los vinos adentro una ya no atina. Me preguntó si yo estaría dispuesta a que nos acostáramos las dos con un hombre. Estábamos loquísimas. Y en Olga María me sorprendió: siempre tan sobria, correcta, mesurada, recatada. Pero entonces era otra, increíblemente transformada, como si las copas de vino le hubiesen sacado un yo escondido, no sé, niña, pero estaba feliz, libre, sin hablar de su relación con Marito, ni de las niñas, ni del negocio, sino más bien imaginando lo que haríamos con ese meserito que te señalé, cómo nos lo daríamos entre las dos. Después he pensado que el fracaso con el Yuca, la decepción que se llevó, pudo haber influido en el estado de ánimo de ella. Si hasta me hizo preguntas que una no se hace todos los días. Por ejemplo, quería saber cuál era mi gran fantasía sexual, mi máxima fantasía sexual, lo que yo imaginaba que sentiría más rico y que era difícil, si no imposible, de conseguir. Sí, no te miento, en esta misma mesa. Yo creo que ese mesero le desató el morbo, o quién sabe qué. Aquí viene con los capuchinos. Este niño está bien parecido, pero no te libera eso que Olga María tenía esa noche. Te lo aseguro. Fue la última vez que la vi así de feliz, como si ya hubiese presentido su muerte y quería disfrutar lo mejor de la vida. Me dijo que su fantasía sexual, lo que le hubiera gustado probar antes de morirse –¡qué increíble, niña, hasta ahora recuerdo que así me dijo: «lo que me gustaría probar antes de morirme»!–, era meterse a la cama con dos hombres al mismo tiempo. Yo creo que todas tenemos ese deseo. ¿O vos no? Y yo le pregunté con cuáles dos, porque no es lo mismo meterse con dos feos e imbéciles que con dos tipazos a los que una desea. Qué montón de tráfico. Esta hora es de locos. Mirá qué congestionamiento. Por eso una se estresa tanto: demasiados carros. Espero que el tráfico haya bajado cuando salgamos de aquí. ¿Qué me respondió? Que en ese momento sólo se le ocurría el mesero, Rodolfo te dije que se llama. Pobrecita Olga María. Cuando una lo piensa, debe de ser terrible vivir casi diez años con el mismo hombre, aunque una lo quiera y tenga hijos. Imaginate estar cogiendo siempre de la misma manera, porque la rutina se impone. Si a mí me sucedió con Alberto, y apenas vivimos juntos un año. Horrible. Pero Alberto es un caso especial. No sé cómo me fui a juntar con ese hombre. Gracias a Dios me libré de él. No tiene la menor imaginación. Siempre tuve que encaramármele yo: él no tenía ninguna iniciativa. Yo creo que ese hombre se la puede pasar perfectamente sin sexo. Es rico encaramársele a un hombre, pero no como regla. Te juro que a mí me tocó llevar la batuta siempre: él permanecía echado en la cama, con una camiseta y los calcetines puestos, como si fuera un tablón. Claro: decía que si se quitaba los calcetines y la camiseta se resfriaría. Una calamidad. Yo no sé si todos los financistas son así de melindrosos; ni quiero saberlo. Qué rico está el capuchino, ¿verdad? Se siente que es un capuchino de verdad; en la mayoría de lugares le baten un poco de leche a cualquier café y ya te dicen que es un capuchino; un fiasco. Y probá el pastel, niña: una delicia. Dejame preguntarle a este niño si los hacen aquí. No, ¿verdad?: ya decía yo. Esa vez con Olga María no probamos los pasteles; puro vino y quesos y carnes frías. Te decía que aquélla andaba superliberada. Fijate que me dijo que muy al principio de su relación le comentó a Marito su fantasía de acostarse con dos hombres a la vez, pero éste en lugar de seguirle la corriente se enojó. Hombres más brutos. Y no creás que el Marito es una maravilla. Nada que ver con Alberto, claro. Es que los hombres cuando la consiguen a una ya no se preocupan más. Olga María me contó que estaba harta de Marito, en la cama me refiero, que siempre practicaba el mismo rito: se untaba las manos de crema y empezaba a masajearle las piernas, luego las nalgas, hasta que se le paraba el asunto y entonces se le encaramaba. Siempre lo mismo. Cuando me lo contó yo le dije que no se quejara, que el hecho de que un hombre se ponga a darle masaje a una antes de hacer el amor es algo digno de admiración. Y le repetí mi experiencia con Alberto. Conmigo nunca lo han hecho de esa manera, con un masaje en las piernas de entrada. Pero ella me dijo que odiaba la crema, que no quería saber más de un hombre que le diera masajes con crema en las piernas antes de coger. Ahora la entiendo: diez años de que te hagan lo mismo es para volverte loca. Por eso aquélla disfrutó tanto con Julio Iglesias y con José Carlos; si hasta mucho tiempo se aguantó sólo con Marito. Y ahora que lo pienso ésa debió de ser su decepción con el Yuca: imaginate que cuando vos estás esperando que ese hombre arremeta con toda la fuerza y la imaginación del mundo, resulta que al tipo ni siquiera se le para el asunto porque está atosigado de droga. Hasta resentimiento le queda a una. Y hablando del Yuca, esto era lo que te quería contar: me parece que a Olga María la pudo mandar a matar un enemigo político del Yuca, para hacerle daño a éste, para involucrarlo en el crimen a partir de la hipótesis del «origen pasional» que anda manejando el tal subcomisionado Handal. ¿No te suena lógico? Lo he estado pensando. Únicamente por ahí le encuentro sentido a que alguien haya ordenado semejante barbaridad. Fijate que la bestia que le disparó había sido soldado, de esos especializados del batallón Acahuapa. Alguno de esos militares inescrupulosos quizás ordenó el crimen. Sí, niña, un montón de militares se quieren dedicar ahora a la política, como ya se acabó la guerra y no pueden robar de la misma manera, se están adaptando a los nuevos tiempos. Esto es delicadísimo. Al principio pensé comentárselo al tal subcomisionado Handal, pero qué tal si éste está coludido con los autores intelectuales y por eso busca orientar las pistas hacia el «origen pasional» para enmierdar al Yuca y a la pobre Olga María. Me da rabia. Pero no es la primera vez que tratan de calumniar al Yuca con este tipo de cosas. Precisamente cuando metieron presa a Mirna, por comunista, la gente andaba diciendo que el Yuca era el responsable de todo, que la había delatado porque ella no quería acostarse con él, que en verdad Mirna era inocente y se trataba de una mera venganza por despecho. Yo nunca lo creí. Puras habladurías. El Yuca no tenía necesidad de hacerle algo así a Mirna. Olga María no pensaba como yo: decía que en aquellos tiempos el Yuca andaba enloquecido a la caza de comunistas, que todo lo confundía y no hubiera sido extraño que le arruinara la vida a Mirna por pura mala leche. Porque le arruinaron la vida, niña. La pobre Mirna estuvo tres días desaparecida; y sólo porque la familia presionó a altísimo nivel la mandaron a la cárcel de mujeres. Pero mientras la tuvieron desaparecida en la Guardia Nacional la violaron. Eso dijeron. Quién sabe cuántos. Horrible. De sólo pensarlo me dan escalofríos: imaginate a un montón de torturadores asquerosos y babeantes, uno tras otro, encima de una, metiéndote esa cosa purulenta, llena de enfermedades. Yo vomitaría, me moriría. Pobre Mirna. Cuando salió libre la enviaron a Madrid. Ahora parece que ya no se mete en nada, pero le quedó la fama de rojilla y como es medio loca. Mi papá dice que a nadie capturan por gusto, en algo andaba la Mirna. Yo pienso lo mismo: que el Yuca no tuvo nada que ver. ¿Vos querés tomar algo más? A mí se me antoja una copita de vino. Todavía hay mucho tráfico. Y no quiero más café: después no puedo dormir. Mejor un vinito blanco. ¿Viste los cuadros? Las pinturas en las paredes, niña. Eso también le da un toque especial a este lugar, un algo artístico. Aunque yo no sé nada de pintura. Aquí viene el mesero. ¿Te vas a tomar el otro capuchino? Esa idea de que los enemigos políticos del Yuca pudieron ordenar el asesinato de Olga María se la comenté a José Carlos. Ayer a mediodía. Almorzamos juntos. ¿No te conté? Lindo estuvo. Fuimos al restaurante Marea Alta, en la Zona Rosa. No, yo lo llamé, para preguntarle de dónde había sacado la foto de Olga María ese tal subcomisionado Handal. No se lo dije así, tan abruptamente, sino que le dije que teníamos que hablar, que el policía ese había estado interrogándome y que me gustaría conversar con él al respecto. José Carlos ya desmontó su estudio y se piensa ir de regreso a Boston el próximo lunes. Me invitó a almorzar. Tan lindo. Dijo que así de una vez se despedía de mí, porque este fin de semana andará como loco, de arriba para abajo, arreglando sus cosas, porque asegura que se va del todo, que no piensa volver a vivir a este país. Ha quedado afectadísimo, niña. ¿Y cómo no? Vieras las cosas que me dijo. Está golpeado el hombre. Por eso, porque ya no tiene estudio ni nada, me invitó a comer al Marea Alta. Lástima, niña, yo hubiera preferido ir a su estudio. Pero la pasamos súper. Y va de tomar cerveza y de comer ostras. En la terraza de arriba. Me encanta ese sitio: una está a la altura de las copas de los árboles, como escondidita, y se pueden distinguir los carros que pasan sin que ellos la vean a una. Yo quería saber lo que José Carlos había platicado con el tal subcomisionado Handal, que me informara con qué turbiedades le había salido ese policía chismoso. Aquí viene el mesero con mi vino. Está rico, bien heladito. ¿Rodolfo se llama ese otro mesero, verdad joven? Sí, el que está de aquel lado de la barra. ¿Viste que te dije? En cuanto pase por aquí le voy a contar lo de Olga María. Seguramente ni cuenta se ha dado. Claro que la debe de recordar. ¿Cómo la va a olvidar? Estás loca: una mujer como Olga María no se olvida así de fácil, menos cuando te ha estado coqueteando; no existe hombre que se olvide de eso. Le voy a hacer señas para que venga. No es indiscreción. Bueno, pues te voy a seguir contando lo de José Carlos. La cosa es que le pregunté a boca de jarro de dónde había sacado ese tal subcomisionado Handal la foto en la que Olga María aparece desnuda, aunque sin enseñar sus partes, acostada en el sofá; le dije que esa foto la había tomado él, José Carlos, que no tratara de engañarme, yo conocía ese sofá y era muy difícil que un energúmeno como Handal se anduviera inventando fotos así, que fuera sincero conmigo. Estaba sorprendido de que ese policía fuera tan inescrupuloso como para mostrarme la foto de Olga María. Claro que él tomó la foto: formaba parte de un set que se le ocurrió una tarde que aquélla llegó al estudio y se pusieron a tomar vino. Ya bastante entonados, José Carlos le propuso que posara completamente desnuda, aunque las posiciones fueran únicamente insinuantes, sin que se le vieran sus partes: ni las tetas ni la cuquita. Me dijo que tiró todo un rollo, pero que en la noche de ese mismo día, Olga María lo llamó alarmadísima, para pedirle que por favor botara ese rollo, tomar esas fotos había sido una imprudencia. Es lo que me contó José Carlos. Él le dijo que ya lo había revelado, ahí en su cuarto oscuro, y las fotos habían salido magníficas, quería mostrárselas. Pero Olga María estaba realmente preocupada: le pidió que destruyera las fotos y el rollo, que ella le pagaría el costo de los materiales, por nada del mundo quería que esas fotos existieran. Todo había sido una locura, jamás se volvería a dejar fotografiar por él. Dice José Carlos que la escuchó tan fuera de sí, tan terminante, que le prometió que inmediatamente destruiría todo. Y así hizo. Pero guardó una, el muy bruto, y la dejó en su álbum, como recuerdo. Es lo que él dice: que el tal subcomisionado Handal y sus sabuesos revisaron sin ninguna autorización las cosas que él había dejado en el estudio y se apropiaron de la foto ilegalmente. Es lo único que se llevaron, pero él no puede denunciarlos porque eso significaría que Marito podría darse cuenta de la relación entre Olga María y José Carlos. Tremendo enredo, niña. Y esos policías son unos delincuentes. Dice José Carlos que lo interrogaron amenazantes, que pensó que en cualquier momento lo capturarían y empezarían a torturarlo. Horrible: estuvieron acusándolo de chantajear a Olga María y de haberla mandado a matar cuando ella lo amenazó con denunciarlo. ¡Imaginate! Pobre José Carlos, está destruido. Pero la pasamos bien, en la terraza del Marea Alta. Tenían unas ostras gigantes, riquísimas. Lo que tampoco entiende José Carlos es cómo se enteraron esos policías de la relación entre él y Olga María. Yo le dije que sospecho de la Conchita y de la Cheli, las empleadas de la boutique. Pero aquél no quiere saber, sino largarse y no volver jamás. Cualquiera en su situación haría lo mismo. Y lo que más lo trastornó fue darse cuenta de que Olga María tuvo una relación con el Yuca. El tal subcomisionado Handal, maldito chismoso, lo puso al tanto. José Carlos cree que aquélla lo dejó para enredarse con el Yuca: se siente lastimado, traicionado, bien poca cosa. De veras que la quería, niña. Yo le traté de explicar que Olga María no lo abandonó por culpa del Yuca, que éstos se conocían desde la época de la Escuela y todo el cuento. Pero no me creía. Lo vi tan mal que tuve que revelarle que en realidad Olga María y el Yuca nunca habían hecho el amor, que yo lo sabía de primera mano, que me creyera, la relación entre ellos no había cuajado. Todo esto pasó ayer: me tocó jugar el papel de sicóloga, de salvadora de corazones rotos. José Carlos es tan sensible: hubo un instante en que le salieron lágrimas, de veras. Yo le dije que Olga María lo había querido, que siempre se había referido a él en los mejores términos, que ella hasta me confesó que él era un excelente amante. Sólo así lo pude contentar, niña. Los hombres son de una vanidad. Fue cuando le pregunté qué pensaba de mi idea en torno a la posibilidad de que algún enemigo del Yuca hubiera ordenado el asesinato de Olga María con el propósito de destruir políticamente a éste. Se quedó pensando un rato. Y después me dijo que si las cosas habían sucedido de esa manera nunca sabríamos nada, que los golpes bajos entre los políticos siempre permanecían ocultos, que el propio Yuca se encargaría de evitar que se conocieran los hechos. ¿De verdad no te querés tomar un vino? Y me dijo otra cosa, que ahora me suena lógica: que si un enemigo político del Yuca es responsable del asesinato de Olga María, más nos vale ignorarlo, no tratar de averiguar quién es, porque de lo contrario nos matará a nosotros; y que él, en tal caso, debería desaparecer lo antes posible, porque los políticos buscarán desviar la atención pública, y nada mejor que tener de chivo expiatorio a un fotógrafo a quien nadie defenderá. Más se afligió el pobre José Carlos. Pero yo le dije que no se preocupara, que nadie creerá que él tenga algo que ver en esto, incluso ese tal subcomisionado Handal no está realmente tras la pista de José Carlos. Es mi impresión, niña. Y así se la dije, para que se tranquilizara, en la terraza del Marea Alta, con esas ostras gigantescas, riquísimas, que daban ganas de irse inmediatamente a la playa. Y entonces fue que se me ocurrió. Le pregunté a José Carlos qué tenía que hacer en la tarde. Me dijo que nada importante: terminar de empacar algunas cosas, hacer llamadas para despedirse. Le propuse que fuéramos a la playa, al rancho de mi familia. Se me quedó viendo como si yo estuviese bromeando. Pero yo no bromeaba: de pronto me dieron ganas de estar en la playa, con la brisa, sin pensar en todo el rollo de Olga María. Así se lo expliqué: que a él le haría bien ir a la playa, para olvidarse por un rato de todo lo horrible que nos ha tocado vivir, nada mejor que la tranquilidad del mar para relajarse, para despedirse del país. Y no me costó convencerlo. Pagamos y en seguida nos dirigimos hacia la playa, en mi carro, contentos. No te imaginás lo rico que la pasamos. Pero dejame pedir otra copita de vino. ¿Te pido una a vos? ¿O pedimos mejor la botella, niña? Tenés razón, demasiado temprano: una media botella, entonces. Mirá cómo se está llenando este lugar. Es el que está de moda. Y cuánto extranjero. Todas las noches se llena a reventar. No es fácil encontrar lugares así en esta ciudad. A José Carlos le gusta: me dijo que ha venido varias veces y que incluso le ha dado ideas a Mirna sobre la mejor manera de ubicar las pinturas y las fotografías artísticas. Claro, niña, se conocen; si hasta se dice que la Mirna se lo estuvo dando. Yo se lo pregunté a José Carlos, pero me respondió que nada más son amigos, que la Mirna no es su tipo de mujer, que desde que estuvo con Olga María no ha podido interesarse en nadie más. Vaya una a saber. Pero ayer en la tarde cuando íbamos hacia la playa hicimos un acuerdo: evitaríamos hablar de Olga María, para no deprimirnos, para que él pudiera disfrutar del paseo. Fuimos a San Blas. Por supuesto que me gusta más la casa de La Barra de Santiago, pero muy lejos, niña. La cosa era ir un rato, un par de horas en la tarde. En el puerto compramos cervezas. El pobre José Carlos: no mencionamos a Olga María, pero él se la pasó hablando de Mari-

to. ¡Haceme el favor! Tiene un sentimiento de culpa, un remordimiento, que para qué te cuento. Y un gran miedo, pa-
vor: lo que más teme es que Marito se entere del affair que
tuvo con Olga María. Me estuvo pregunta que pregunta si yo
creo que Marito ya se dio cuenta del asunto. Yo no tengo
idea. Eso le dije. El único que puede meter las patas es el tal
subcomisionado Handal, que le vaya con el chisme a Marito.
José Carlos me dijo que él teme lo mismo: que ese policía le
muestre a Marito la foto de Olga María. Por eso quiere abandonar el país lo más rápidamente posible, para evitar esa situación; le resultaría bochornosa, insoportable. Marito ha sido
uno de sus mejores amigos, si no el mejor. Pero así son los
hombres, niña. ¿Quién lo mandó a meterse con la mujer de
su mejor amigo? Ahora es la pura aflicción. Me estuvo hablando sobre su amistad con Marito: vivían en la misma colonia, estudiaban en el mismo colegio, en el mismo grado y
en la misma sección. Imaginate. Toda una vida juntos. Ya
Olga María me había contado esa historia. Por eso cuando
llegamos a San Blas le dije que hablar de Marito era una manera de hablar de Olga María, por lo que estaba violando el
acuerdo. Le propuse que mejor me relatara sus planes, lo que
hará en Boston. Es bien lindo el José Carlos. Ahora entiendo
por qué Olga María se encaprichó con él. Tiene tanta sensibilidad. Y su manera de ver el mundo, aunque distinta de la
de una, resulta tan interesante. Un artista el hombre. Me dijo
que no tiene empleo seguro en Boston, pero eso tampoco le
preocupa, ha vivido lo suficiente en esa ciudad como para
encontrar algo que le permita irla pasando. Lo que ya no
quiere es trabajar en publicidad; le parece horrendo ese ambiente. Me dijo que se propone preparar una buena exposición de sus fotos, hacer una selección de lo mejor para probar
suerte y tratar de entrar en las grandes ligas. Así me dijo,
como si hubiera estado hablando de béisbol, «las grandes ligas». ¿Te sirvo más vino? Púchica, mirá qué fachas las de esos
tipos. Dios me libre. Y ese esperpento, ¿de dónde salió? Mirá

a ésa de la minifalda, si parece que anda vendiendo celulitis. La gente ya no tiene concepto del ridículo, niña; la desfachatez es la regla. Bien linda estaba la playa: desierta, con la marea baja. Eso es lo bueno de ir en medio de la semana, que la chusma no puede llegar. Durante el fin de semana resulta insoportable: todos esos maleantes de El Majahual invaden San Blas. Puros ladrones y putas. No entiendo por qué no se puede cercar la playa; es lo que dice mi papá. Si uno tiene su rancho enfrente de la playa tiene que sufrir a todos esos malandrines que sólo andan buscando qué robar, a quién asaltar. Horrible. Las playas deberían estar cercadas, de tal manera que esa gentuza de El Majahual se vea imposibilitada de invadir San Blas. Dice mi papá que no se puede cercar por culpa de la ley; vaya ley. Pero en los días de semana es tranquilo, como ayer en la tarde con José Carlos, bien rico la pasamos en la playa. Aunque aquél no se metió al mar, por necio, no quiso ponerse una calzoneta de mi papá; yo tengo ahí unos bikinis y me di un chapuzón, me metí hasta cerca de la reventazón, riquísimo, que te zamaqueen las olas. Después estuvimos bajo los almendros, a un lado de la piscina, platicando. No sé si contarte, niña. Ahora entiendo por qué Olga María se prendió tanto con José Carlos, aunque éste parezca un peludo desaliñado. Tiene sus gracias; ni te imaginás. Pero dejame pedir un vaso con agua que este vino me ha dado sed. Aquí viene el joven. ¿Vos querés agua también? No hay manera de que Rodolfo se acerque, papaíto. Te decía que estábamos al lado de la piscina, cuando los señores que cuidan el rancho me dijeron que iban a ir al puerto a hacer unas compras. Les dije que se fueran, no había problema, nosotros nada más nos quedaríamos un par de horas, no pasaríamos la noche ahí. Te acordás cómo es la casa de San Blas, ¿verdad? Es bien segura por el gran muro que la rodea. No podés ver el mar desde dentro, pero nadie te puede ver desde afuera. Como dice mi papá: contra ladrones y mirones. Gracias, niño. Me urgía este vaso con agua. Sirvámonos lo que resta de la media botella.

Nos quedamos solitos con José Carlos, junto a la piscina. Y entonces le dije que me daría un chapuzón, que aprovecharía que no había nadie para nadar desnuda. Es lo máximo nadar desnuda: una se siente tan libre. Me da un cosquilleo que cada vez que tengo oportunidad aprovecho para nadar desnuda. Quizás porque ya me había tomado varias cervezas o porque ya le había agarrado confianza a José Carlos o por el ambiente tan rico que había, el hecho es que no le tuve vergüenza. Hice un clavado y una vez que estuve en el agua, me quité el bikini, lo puse en el borde de la piscina, y comencé a nadar, feliz, como si el mundo no hubiese existido. En ésas estaba, nadando de dorso, cegada por la luz del sol, disfrutando al máximo, cuando percibí que José Carlos estaba a mi lado, completamente desnudo. ¿Te podés imaginar, niña? Fue como una descarga. Todo sucedió rápidamente. Una delicia. ¿Nunca lo has hecho en una piscina? Increíble. Y ese hombre es tremendo. Me lo di de todas las formas. Exquisito. Tiene un asunto descomunal: te hace babear. Lo hicimos dentro de la piscina, en el gramal bajo los almendros, en la hamaca, en la haragana, en casi toda la casa. De sólo acordarme me vuelvo a mojar. Una ricura el José Carlos. Me dejó molida, exhausta. Tiene una imaginación. Vos deberías dártelo antes de que se vaya. Es un experto. Por eso Olga María no me quiso dar muchos detalles, para que yo no me fuera a entusiasmar. No entiendo cómo aquélla lo dejó perder. Tener un amante así vale la pena, aunque se enamore de vos, qué importa, te lo vas llevando. Claro, yo digo eso porque sé que se va del país, no le queda chance de enamorarse de mí. Pero ya para casarse y vivir con él, no, niña, Dios guarde; mucho menos para terminar un matrimonio en el que ya tenés hijas, como Olga María con Marito. Es un don nadie. Eso de la fotografía está bien como hobbie; nadie decente puede vivir de eso. Me imagino a mi papá si le dijera que voy a casarme con un fotógrafo peludo, pensaría que me he vuelto loca. Me deshereda. Sólo vale la pena para un rato. Cuando terminamos, niña, tirados en la hamaca, con mi cosita encarnada de tanto brete, le pregunté si lo había hecho así con Olga María, si con ella había durado semejante tiempo. Porque el hombre dura con el asunto parado una eternidad, riquísimo, para hacer lo que se te ocurra. Me respondió que con ella también había sido especial desde la primera vez, pero que Olga María era más recatada, como contenida, mientras que conmigo él se había sentido más libre. Eso me dijo. También que mi cuerpo le gusta más que el de Olga María, porque yo tengo más formas, soy más rellena, frente a aquélla. No sé. Me dijo que mi cuerpo le parece voluptuoso y el de Olga María delicado. Y que él prefiere la voluptuosidad. Ésa es otra gracia de José Carlos: explica las cosas tan bien. Me encanta la forma en que habla, las palabras que escoge, a una le queda bien claro lo que quiere decir. Y lo más extraño es que habíamos hecho un acuerdo de evitar hablar de Olga María y ahí estábamos, desnudos, abrazados en la hamaca, sudorosos, cansados, pensando en aquélla. Hubo un momento en que me puse triste. Me dieron ganas de llorar, porque la vida es una basura, cómo es posible que Olga María haya desaparecido de un momento a otro. Se lo comenté a José Carlos, cuando me comenzaron a salir las lágrimas. Y aquél, tan tierno, se puso triste también, y empezó a consolarme, a decirme que no se puede hacer nada contra el destino, que Olga María no hubiera querido vernos tristes. Y entonces lloré a borbotones, porque no se vale semejante injusticia. Y José Carlos me estuvo acariciando, sobándome la cabeza, susurrándome cosas lindas al oído, hasta que me fui calmando y comenzamos a besarnos. Ese hombre me excita en un segundo, niña. Al ratito ya estábamos de vuelta en el dale que dale, ahí en la hamaca, pero con más intensidad, como si el recuerdo de Olga María nos hubiera inyectado una tremenda pasión, algo riquísimo, que yo nunca había sentido. Te lo juro: aquello fue maravilloso. Como si hubiera estado poseída. Me vine de una manera increíble, llorando. En ésas estábamos, en el clímax, cuando los señores que cuidan la casa van abriendo el portón. Horrible, niña, porque yo no me podía desensartar, ni parar mis movimientos, con mis pies apoyados en el piso, sobre aquel hombre acostado en la hamaca, en pleno frenesí y con la certeza de que los cuidadores venían entrando. Ni te sigo contando. Una experiencia horrible. Sólo alcancé a gritar: «No entren». Fue cuando José Carlos tomó conciencia de lo que estaba pasando. Y en seguida nos metimos a la habitación donde yo había dejado mi ropa. Gran vergüenza. Y lo peor es que no pudimos terminar como se hubiera debido. Pidamos la otra media botella de vino, niña. Ya me piqué. Mirá, aquí viene Rodolfo, papaíto. Le voy a contar lo de Olga María. ¡Rodolfo!

5

TREINTA DÍAS

Qué bueno que nos quedamos acá atrás, niña, en la última fila, para poder platicar, aunque sea en voz baja, cuchicheando. Están pasando tantas cosas. Y no quiero ver de cerca a ese cura. Mi papá tiene razón: todos los curas son retorcidos, sucios. Éste resultó una alimaña negra. ¿Viste lo que le hizo al pobre Yuca? La gente no habla de otra cosa. El Yuca se ha convertido en la comidilla de medio mundo. Puras intrigas. Dicen que son sus enemigos políticos. Toda la prensa está contra el hombre. Por suerte no han mencionado lo de Olga María. Yo te lo dije, que lo de Olga María iba a ser usado para tratar de acabar con el Yuca. Así ha sido, aunque no se diga en público, aunque lo acusen de otras cosas. Ya lo hicieron renunciar de la dirección del partido. Tremendo. El hombre que despuntaba con mayor liderazgo, con mayor carisma, con el apoyo de todos. Se lo acabaron, y nada más por el escándalo de ese carro que dicen que es robado. Un Mercedes Benz que este cura maldito le vendió y que ahora dice no saber nada sobre el caso. No he podido hablar con el Yuca, niña. Ha estado tan ocupado: vive en una vorágine política, quitándose los golpes bajos, defendiendo su reputación. Lo que me da miedo es que vuelva a agarrar viaje con la coca, que caiga en una dinámica de depresión y recurra nuevamente a la droga. Lo han atacado tanto. Mirá la campaña en la prensa: ¡Que cómo un alto dirigente del partido de gobierno pudo haber comprado un auto robado! Estúpidos. Y lo dicen de tal manera que una piensa que el hombre está vinculado al tráfico de autos robados, como si el Yuca necesitara eso y no fuera un hombre rico. Le tendieron una trampa y este cura maldito participó en la conjura. Estoy segura. Sí, niña, voy a bajar la voz, pero es que me encabrono cuando me doy cuenta de lo que le están haciendo a aquél. Le arruinaron su carrera política y ahora lo quieren hundir. No es justo. Pero lo peor no es eso, lo peor es lo que se dice en privado, lo que la gente murmura en todos lados. Horrible: personas que una creía amigas del Yuca, ahora se dedican a calumniarlo, a decir cosas espantosas, como que aquél ordenó asesinar a Olga María porque ésta amenazó con denunciarlo por narcotraficante. Imagínate. Me da rabia. Una cosa es que el hombre haya sido adicto y otra que se dedique al narcotráfico. Se dicen tantas cochinadas. Hasta a mí, que saben que soy amiga de él, me insinúan barbaridades; en el mismo Club, hace unos días me sucedió. Según esto, los gringos habrían descubierto los vínculos del Yuca con el narcotráfico, decidieron hacerlo a un lado políticamente, pero como no podían denunciarlo sin untar de mierda a otros altos personajes del gobierno, optaron por montar esa farsa de la compra del carro robado. Nadie en su sano juicio puede creer algo así. Otros dicen que el Yuca, en un acceso de locura producido por el exceso de coca, mandó a matar a Olga María, que las autoridades lo descubrieron y que, como aquél se negó a dejar sus cargos, le montaron la campaña del carro robado. Un enredo. Puras fantasías. El Yuca nunca hubiera mandado a matar a Olga María. No te niego que a veces enloquece, pero jamás se le hubiera ocurrido hacerle el menor daño a aquélla. Lo único cierto es que el Yuca asegura que le compró el Mercedes Benz a este cura. Y debe de ser verdad. Pero ahora este cura se hace el menso y dice que él no sabe nada de ese carro. Míralo, el hipócrita dando misa, como si nada. Pobre Olga María, si supiera que este cura mierdero, que participa en la conspiración contra el Yuca, es quien celebra la misa en conmemoración de sus treinta días de muerta, se moriría de la rabia. Estoy segura. Le daría un gran coraje. Yo no sabía que este cura iba a dar la misa. De haberlo sabido le hubiera advertido a doña Olga. Me acabo de dar cuenta, ahorita que entré a la iglesia, por eso me he quedado en la última fila, como protesta. Así se lo expliqué a mi mamá, cuando me preguntó por qué me venía para atrás, que por nada del mundo me quedaría en las primeras filas a escuchar a ese cura intrigante. Qué bueno que vos también viniste. Te juro que sólo por respeto a Olga María me he quedado a la misa. A la salida le voy a preguntar a doña Olga por qué escogió a este cura. Pero ella vive en las nubes desde el asesinato de aquélla; está consagrada al cuidado de las niñas. Quizás ni fue ella quien escogió a este cura miserable; pudo haber sido la Cuca o Sergio o el propio Marito. Algo me huele raro, ahora que lo pienso. ¿No creés que pudieron haber escogido a este cura para evitar que el Yuca viniera a la misa? No estoy loca, ni paranoica. Con todas las cosas que suceden, una se imagina lo peor. Escoger a este cura fue la mejor manera de evitar que el Yuca viniera a la misa. Y con lo malpensada que es la gente, cualquiera deduce que el hecho de que este cura maldito esté dando la misa de los treinta días significa que la familia considera al Yuca como responsable de haber ordenado el asesinato de Olga María. Aquí hay mano escondida, te lo puedo asegurar. Y lo voy a averiguar, niña. Esto no se puede quedar así; forma parte de la campaña contra el Yuca. Quizás doña Olga se prestó al juego sin darse cuenta, inocentemente, tan ingenua y golpeada la pobre. Mirá al cura: de seguro está entornando los ojos y hablando con Dios, el muy canalla. Hasta ganas de cambiarme de religión me han dado. Pero mi papá dice que todas son lo mismo. Él se define como agnóstico. Nunca le he entendido bien qué quiere decir: algo así como que cree en un Dios allá arriba, pero no en los curas ni en las religiones de acá. Mi papá dice que no necesita al Dios de los curas: él es feliz con pasar en la finca la mayor parte del tiempo e ir un par de veces al año a apostar al hipódromo de la Ciudad de México y a los casinos de Reno; eso es lo que le encanta. Vieras cómo se burla de mi mamá. Dice que toda esa mojigatería con los curas le agarró ya de vieja, que antes no iba ni a misa; incluso mi primera comunión fue puro formalismo. Y tiene razón: cuando yo estaba chiquita mi mamá no tenía esa onda de los curas, las misas, sino que vivía en otra frecuencia. El miedo a la muerte, niña. Según mi papá, la guerra hizo de mi mamá una beata, como si Dios iba a salvarla de la matancina, cuando los mismos curas fueron quienes le calentaron la cabeza al pueblo. Eso dice mi papá. Y se burla, porque para él ahora que se acabó la guerra mi mamá debería abandonar toda esa beatería. Pero ya está muy mayor para cambiar. Yo la entiendo. Aunque al descubrir curas como este miserable de aquí enfrente, a una se le ocurren cosas horribles. Quiero ver con qué sale a la hora de la homilía. Hinquémonos, niña. Qué sucio está este reclinatorio: me va a arruinar las medias. ¿Te conté que fui a cenar con Marito? Antenoche. En su casa, para estar con las niñas y con la niña Julia. Me contó un montón de cosas y también me interrogó bien feo. No durante la cena, por que ahí estaban las niñas, pobrecitas, mis criaturas, sino cuando éstas fueron a acostarse. Le está yendo mal en los negocios a Marito: los clientes han disminuido. Dice que está facturando un 60 por ciento de lo que facturaba el año pasado. Es que la publicidad resiente antes que nadie la crisis económica, porque es el rubro que primero reducen en los presupuestos. Así me explicó Marito. Esta crisis es espantosa, está afectando a todo el mundo, culpa de ese gordo tonto que pusimos de presidente. Si hasta los intereses han bajado. Por suerte los precios del café se mantienen, si no mi papá estaría rabiando. Sentémonos, niña. Lo que me dijo Marito es que Olga María no dejó testamento, ¡cómo se iba a imaginar aquélla que moriría tan joven! Yo por eso a principios de la semana fui donde el abogado a preparar el mío, niña, vaya a ser la mala suerte. Ni Dios quiera. Toquemos madera. Pero no hay ningún problema porque las niñas son las herederas de todo. Y en la boutique la única socia de aquélla era doña Olga. Las cosas quedaron en familia. Pero Marito no está seguro si vale la pena mantener la boutique: si a todo el escándalo por el asesinato de Olga María le sumamos la crisis económica, pues no. Yo le pregunté qué piensa hacer con la Cheli y la Conchita, las dos empleadas, porque estoy segurísima que ellas fueron las que se pusieron a chismear con la policía. Doña Olga las quiere mantener y a Marito le da lo mismo. ¿Te podés imaginar? Le dije que más le vale deshacerse lo antes posible de ese par de arpías, que después se arrepentirá. Sí, niña, voy a bajar la voz, lo último que quisiera es que ese cura maldito se atreviera a regañarme. Es que cuando hablo de esas tales por cuales pierdo los estribos. Lo mismo me pasó cuando estaba con Marito. Por suerte la niña Julia ya se había llevado a las niñas para acostarlas. Tan lindas, bien obedientes, aplicadas en el colegio. Esto es lo que me molesta de la misa: tener que estarme poniendo de pie, hincándome, termino con el vestido mal puesto, desarreglado. Por exaltarme cuando hablábamos de la Cheli y la Conchita fue que Marito me preguntó qué tengo contra ellas; dijo que son buenas empleadas, que Olga María les tenía toda la confianza. De bruta me fui de boca: le conté mis sospechas: que esas dos son quienes le han metido en la cabeza un montón de chismes a la policía, en especial al tal subcomisionado Handal. Me di cuenta que había metido las patas, pero ya no pude retroceder. Marito se me quedó viendo, bien serio. Aún estábamos en el comedor, bebiendo café. ¿Qué chismes?, me preguntó, con un tonito de pocos amigos. No hallé qué hacer, niña. Seguro que me le quedé viendo con cara de idiota, porque el hombre me volvió a preguntar: ¿qué chismes? Me sentí atrapada, como si él hubiera estado leyendo mis pensamientos. Pero al fin logré zafármele: le dije que el cuento ese de que él había comprado un seguro de vida para Olga María unas semanas antes del crimen. Algo que a todo mundo le parece ridículo, pero que esas dos se lo metieron a la policía, el propio subcomisionado Handal me interrogó a mí sobre el tema. Así le expliqué a Marito. Él me dijo que ésa no era una hipótesis sino una tontería, ni la misma policía la tomaba en serio. Y entonces, de sopetón, me preguntó qué sabía yo de las relaciones entre Olga María y el Yuca. Me quedé pasmada. No me lo esperaba. Mi temor era que Marito supiera de la foto de Olga María tomada por José Carlos que el tal Handal me había mostrado; eso era lo que yo más temía. Pero que Marito se metiera tan directo con lo del Yuca nunca lo preví. No va con su carácter. No es un hombre de confrontación. Por eso se llevaba tan bien con Olga María: los dos calmados, suaves, recatados. No te imaginás el apuro que pasé, niña. Ahí donde lo ves, rezando como mansa palomita, es jodido el tal Marito. Me agarró en curva. De plano no hallé qué decirle. Sólo me quedó hacerme la mensa, preguntarle a qué se refería, qué estaba insinuando. Y quizás porque ya era segunda vez que me tocaba poner cara de idiota, me enojé. De pronto se me calentó la cabeza: le dije que no era posible que él creyera toda esa basura que la gente insidiosa andaba comentando, que Olga María y el Yuca nunca habían sido más que amigos, grandes amigos desde la Escuela Americana, que a mí me constaba, a mí Olga María me hizo confesiones que nunca le hizo a nadie y me parecía una imbecilidad que él tuviera la mínima sospecha sobre su mujer, sobre alguien que siempre le había sido fiel. Casi le dije estúpido. Y ya me había exaltado, hablando a los gritos, porque yo no iba dejar que este mequetrefe se pusiera a dudar de aquélla y a formar parte de la conspiración contra el Yuca. Y me fui de largo: le dije que por supuesto que ese par de putías de la Cheli y la Conchita tenían que ver con el chismerío que el tal subcomisionado Handal se había encargado de regar por todas partes. Y todo porque Olga María había estado recibiendo llamadas telefónicas del Yuca en las últimas semanas. Ese par de mujerzuelas cree que si una recibe una llamada telefónica de un amigo necesariamente tiene que acostarse con él. Como ellas son así, con su mentalidad de putías. Seguramente alguna está saliendo con uno de los detectives de ese tal subcomisionado

Handal y de ahí viene todo el chismerío. Pero le dejé bien claro a Marito que si el Yuca se había comunicado con Olga María últimamente era porque éste enfrentaba problemas personales y había buscado a sus viejas amistades, a las amigas de toda la vida, por eso a mí también me había llamado. Y que no iba a contarle los problemas del Yuca, ésas son cosas privadas, ya el pobre hombre tiene suficiente con las cochinadas políticas en que lo han involucrado. Marito me pidió que me calmara, las niñas aún no se habían dormido y podían estar escuchando. Pero yo tenía una gran rabia. Y para qué se puso a provocarme. Le dije que me parecía una vergüenza que dudara de la honestidad de su mujer, que no había ninguna diferencia entre lo que me estaba insinuando y lo que decían otras malas lenguas de que él la había mandado a matar. Hasta que le dije eso me pude calmar. Sí, niña, ya me di cuenta: voy a bajar la voz. Hinquémonos otra vez. ¿Viste la miradita que me echó mi mamá ahorita que volteó? Mejor me hago la loca. Fijate en esos santos. Qué horribles. ¿Quién los vestirá de esa manera? Qué mal gusto. Nada que ver con esas esculturas que una encuentra en las iglesias de Europa. Mirale la cara que le han hecho a ése. Pobrecito. Quién sabe quién sea. Nunca he aprendido nada de los santos. Mi papá dice que la mayoría son farsantes o criminales. A mi mamá se le paran los pelos cuando mi papá comienza a despotricar contra los papas y el Vaticano. Son cosas del pueblo, de gente tonta o de pícaros, dice mi papá. Y hablando de eso: ni la Cheli ni la Conchita vinieron a la misa. Ya se les olvidó Olga María. Y eso que te mencioné antes es cierto: la tal Cheli está saliendo con uno de los detectives de Handal. Lo sé de primera mano, niña. Con ése que tiene la quijada de gaveta, Villalta creo que se llama, uno con cara de criminal, que llegó a interrogar a las niñas recién mataron a Olga María. ¿Sí sabés cuál es la Cheli? La rellenita, cachetona, colorada, que anda toda pizpireta. Pobrecita. Estúpida. Ella es la culpable de que la gente ande hablando mal de Olga María. Estoy segura que le confirma todas las ocurrencias a Villalta. Yo los vi juntos, por eso te lo digo. Nadie me lo ha contado. Fue pura casualidad. Yo iba bajando por el Paseo Escalón, como dos cuadras abajo de Villas Españolas, donde está la boutique de aquélla, cuando ¿qué creés? Veo a la mugrosa Cheli a la par del detective ese. Yo no se lo quería decir tan así a Marito; después dicen que una anda de chismosa, y la mujer tiene derecho de tener novio. Pero mirá a la joyita que se fue a buscar. Se lo dije a doña Olga, claro. Para que sepa. Y antenoche, con Marito, después que se puso impertinente conmigo y tuve que ponerlo en su sitio, le conté lo de la Cheli y el detective. Pero ya no estábamos en la casa. Es que Marito quedó bien sacado de onda cuando le dije que alguna gente andaba diciendo que él pudo haber mandado a matar a Olga María. Te juro que pasó como cinco segundos demudado; no porque no lo hubiera pensado o no se lo hubieran dicho, sino porque yo se lo restregué en la jeta en el mismo momento en que estaba haciendo suposiciones cochinas sobre aquélla. Sólo alcanzó a decir que mejor ya no habláramos de eso, que las niñas o doña Julia podían aparecer en cualquier momento, que cambiáramos de tema. Entonces le propuse que fuéramos a otro lado, porque yo tenía varias cosas que hablar con él sobre lo mismo, y me parecía correcto que no lo hiciéramos en su casa. Nos fuimos al bar del hotel Fiesta, lo más cerca de la casa de ellos. Cada quien en su carro, eso sí. Lo que me falta es que la gente comience a murmurar que ahora que se murió Olga María yo ando saliendo con Marito. Yo sólo quería platicar sinceramente, que me dijera de quién sospecha o a qué atribuye la muerte de aquélla. Aunque te parezca mentira, un mes después del crimen yo no había hablado con Marito a calzón quitado. Por mil y una razones. Y quizás por miedo. A veces una no quiere saber, con tanta mugre. Pero lo que sí me dio rabia es que Marito repitiera la difamación en contra del Yuca. Bueno, no que la repitiera exactamente, pero incluso que la insinuara. Él era el marido, niña. Cualquier cosa que diga o insinúe se convierte en verdad. Por eso yo quería seguir platicando, para dejar las cosas en claro. El bar estaba vacío; de por sí a ese hotel casi nadie va, y menos en día de semana. No me gusta ese hotel. Lo tienen embargado; es cierto, por deudas del dueño. Pero era el bar que nos quedaba más cerca. Por eso lo propuso Marito. Seguramente que visita con frecuencia ese lugar, porque los meseros lo trataron con familiaridad, y en especial una mesera, guapa, buen cuerpo, morenita; gente cualquiera pero no fea, hasta simpática. Con que ésas tenemos, le dije a Marito, porque es evidente que a él le gusta esa mesera, quizás ya ha salido con ella, de otra manera no lo tratara con tanta familiaridad. Así se lo dije. Pero se hizo el desentendido. Los hombres no se aguantan, niña. Se acaba de morir aquélla y éste ya anda como chucho tras esa mesera. Marito pidió lo de siempre: vodka con limonada. Y yo no tenía ganas de andar escogiendo, así que pedí lo mismo. De pie, niña. A veces me siento como babosa repitiendo tanto estribillo. Al fin: sentémonos. A ver con qué sale ahora este cura miserable; ni le pongo atención. Con Marito me puse seria desde el principio: le pregunté qué nuevas tenía sobre la investigación del crimen, que no se anduviera por las ramas y me dijera de una buena vez qué había sucedido. Puso una cara de tristeza que me conmovió: comprendí que él tampoco sabe, que sólo tiene hipótesis como nosotras, que todo este mes ha estado sobre terreno falso, sujeto a las murmuraciones de la gente, sin una pista sólida a la cual aferrarse. Pobrecito. Por eso quizás estaba tratando de agarrarse a la posibilidad de que el Yuca tuviera algo que ver en el crimen. Pero eso se lo dije después. Lo que me contó es que no hay nada sólido: el criminal ese, el tal Robocop, no ha confesado nada, es una tumba, ni siquiera acepta que él fue quien le disparó a Olga María, aunque las niñas lo hayan reconocido. Y como ahora son otros tiempos y no se le puede presionar porque saltan esos comunistas de los derechos humanos. Marito dice que el tal subcomisionado Handal está siguiendo una pista delicada.

Parece que Robocop pertenece a una banda bien organizada que comete fechorías a destajo. Marito cree que si Robocop fue soldado y pertenece a una banda, entonces debe de haber detrás de él por lo menos un alto jefe militar. Yo no entiendo por qué un alto jefe militar pudo haber decidido ordenar la muerte de Olga María; no le encuentro sentido, a menos que quiera convertirse en político a costillas del Yuca. Pero Marito no tiene muchas expectativas: dice que si Robocop no habla, que es lo más probable, nunca se sabrá quién ordenó el crimen. Y tampoco cree que ese subcomisionado Handal hurgue lo suficiente en el caso: hay tantos asesinatos y la mayoría queda sin resolver. Dice Marito que para la policía basta con haber capturado al autor material, que ése es un gran triunfo, por eso hicieron tanta bulla en la prensa, pero descubrir al autor intelectual no les interesa. No lo dudo. Ésta es la única oración que me sé entera: el padrenuestro. De las demás sólo me sé pedazos. ¿No te sucede a vos lo mismo, niña? Lo que pasa es que vos estudiaste con monjas, te las aprendiste desde que estabas pequeña, mientras que a mí no me enseñaron nada de eso. ¿Que si voy a comulgar? Estás loca. Con ese cura, no me aguantaría las ganas de escupirlo. Maldito. Otra vez a hincarse; a ver cómo me quedan las medias. Te decía que a Marito no le pude sacar mayor cosa: no sabe en realidad más que nosotras. O a menos que sea un gran embustero y me haya engañado todo el tiempo. Una con los hombres no sabe. Lo hubieras visto coqueteando con la mesera, como si yo no hubiera estado. Se cree el gran guapo, pobrecito. Yo no sé cómo Olga María se pudo casar con él. Aquélla tenía hígados, vos, porque Marito puede ser muy buena gente, pero tener que soplártelo todos los días, Dios me libre. No es que sea tan feo, pero yo no le hallo ningún atractivo: un trigueñito cualquiera. Su carácter es lo único que vale la pena: tranquilo, buena gente, servicial. Por eso lo aceptó Olga María: eran el uno para el otro. No me los imagino a los gritos, menos a los golpes. Pero así de ratía como es el Marito no paró de coquetear con la mesera hasta que le dije que se pusiera quieto, qué le pasaba, me estaba faltando al respeto, como si yo hubiera sido un monigote. Entonces se tranquilizó. Fue cuando insistí en que me contara lo que sabía, que no se anduviera con secretos, yo fui la mejor amiga de Olga María y él no tiene por qué esconderme nada. Me le quedé viendo bien seria, para que entendiera que yo no estaba bromeando, que lo más conveniente era que se abstuviera de guardarme secretos. Me dijo que Diana, la hermana menor de aquélla, desde Miami ha contratado a un detective privado, un tal Pepe Pindonga, así como lo oís, aunque parezca broma, se llama Pepe Pindonga, un tipo medio raro que ya se entrevistó con Marito y ha empezado a husmear en el caso. Sólo a Diana se le puede ocurrir una cosa semejante: contratar a un detective privado, como si esto fuera Estados Unidos. Está loca, niña. ¿Te podés imaginar? Un detective privado en San Salvador. Nada más le estafará el dinero. Pero, bueno, es cosa de ella. Marito me advirtió que no me sorprenda si ese tal Pepe Pindonga trata de comunicarse conmigo. Parece que es un tipo ordinario, impertinente, que pregunta sin ninguna consideración, como si una fuera de su clase. Ni quiero saber de él. Eso le dije a Marito. Lo que me faltaba: que un estafador cualquiera, que se hace pasar por detective privado, me venga a faltar el respeto, como si no hubiese tenido suficiente con el tal subcomisionado Handal y su pacotilla de detectives. Le dije que yo no estoy dispuesta a entrevistarme con un detective privado, que no tengo el menor interés en conversar con un sujeto que probablemente ocupará la información que consiga para tratar de chantajearnos, que sólo una delirante como Diana puede creer que en esta ciudad existan detectives privados. Dice Marito que el tipo es inteligente, zamarro, pero que él también cree que Diana está tirando su dinero, porque si se trata de una banda organizada de exmilitares en cualquier momento el detective desechará el caso. Lo que no va a dejar de hacer es cobrarle a Diana, aunque nunca haya investigado nada. Eso es lo que yo pienso. Nos tomamos como tres vodkas cada uno. Marito quería seguir bebiendo, pero yo le dije que ya era tarde, me sentía empanzada y la verdad que el bar de ese hotel no me gusta, y menos si tengo que estarme soplando a Marito con sus coqueterías hacia la mesera. Miralo, el muy santo nos va a endulzar los oídos con su homilía, nos va a instruir en las enseñanzas morales y espirituales. Semejante canalla. No pienso escucharlo. Hipócrita. Después de lo que le ha hecho al Yuca tiene la desvergüenza de pararse en el púlpito a hablar en nombre de Dios. Habrase visto tal desfachatez. Bueno, lo cierto, niña, es que solamente saqué en claro que Marito está tan perdido como nosotras. Quizás los únicos que saben algo son los de la policía, pero si está metido un exjefe militar nunca sabremos nada. Ah, y se me olvidaba: también una periodista anda investigando el caso de Olga María, una reportera de ese periódico *Ocho Columnas*. ¿Te podés imaginar? Un diario sucio al que sólo le gustan los escándalos, el periódico que precisamente inició la campaña contra el Yuca, que no lo ha dejado en paz en las últimas semanas. ¿Y sabés quién es la famosa reportera? Una mosquita muerta llamada Rita Mena, la misma que acusó al Yuca de agredirla, como si ella no lo hubiera provocado con sus preguntas estúpidas. ¿O no has leído los diarios, lo de la acusación contra el Yuca por parte del gremio de periodistas? Dicen que el Yuca y sus guardaespaldas intimidaron a esa reportera, la agredieron, sólo porque le arrebataron la cámara para quitarle el rollo con las fotos que le había tomado al Yuca. Vaya reportera la que está investigando el caso. Me da mucha rabia. Y me huele que detrás de ese periódico están los meros enemigos del Yuca, los que le montaron la campaña de prensa para sacarlo de la dirección del partido, los que han hecho la gran alharaca con la noticia del carro robado que le vendió este cura desgraciado, los que mandaron a esa reportera para que provocara al Yuca. Ni quiero pensar en lo que va a escribir sobre la muerte de Olga María. Ya me lo imagino. El propósito de los enemigos del Yuca es que esta estúpida lo involucre en el asesinato de aquélla. Te lo puedo asegurar. Marito fue quien me contó que esa reportera lo ha estado fastidiando en los últimos días. Y no sé cómo ella se ha dado cuenta de mi existencia, porque le dijo a Marito que me quería entrevistar. Estoy esperando que me llame, niña, para mentarle la madre. Va a saber lo que es bueno, por fisgona, por estúpida. ¿Ya terminó ese cura con su cantaleta? No te creo que vayás a comulgar. ¿Yo? Ni loca.

6

LA TERRACITA

Suerte que te encontré, niña. Preferí pasar de una vez por tu casa para contarte. ¿No hay nadie, verdad? Qué bueno. Pero regalame un vaso con agua que vengo toda agitada. Ni te imaginás lo que me sucedió, de lo que me he enterado. Un tremendo chisme. Vámonos a la terracita mejor: ahí sopla más brisa. Sí, estoy impresionada. Es algo inconcebible. Tratá de adivinar. Tiene que ver con Olga María. Ni se te ocurre, ¿verdad? Agarrate, niña: parece que Olga María y Alberto tuvieron un affair. Sí, con mi exmarido, aunque no lo creás. Te voy a contar, pero iré por partes. Preparate, porque es una historia medio larga. Me encanta cómo se ve la ciudad desde aquí, sobre todo a esta hora, cuando el sol ya ha bajado. Qué preciosa te ha quedado la haragana con esta tela estampada. Bueno, la cosa es que a media mañana me fui al salón de belleza de la Mercedes, para que me arreglara el pelo. ¿Te gusta cómo me quedó? Le dije que me lo alisara de las puntas, así como lo tiene la Turlington, esa modelo gringa; dicen que su mamá es salvadoreña, quién sabe qué tipo de gente sea. Estuve como una hora en el salón, va de platicar con la Mercedes, tan simpática que es. No sé a qué horas comenzamos a hablar de Olga María. La Mercedes la quería mucho. Nos arregla el pelo desde hace diez años. No entiendo por qué vos nunca has querido probar con ella. Pero, bueno, la cosa es que mientras hablábamos de Olga María percibí un cambio de tono en Mercedes, una entonación distinta, como si no quisiera que tocáramos el tema o como si se propusiera esconder algo. Yo estaba hojeando una revista. Pero entonces me fijé en el espejo y vi que el rostro de la Mercedes había cambiado, su expresión era otra. Ella se dio cuenta de que yo me había dado cuenta. ¿Me entendés? Algo raro estaba pasando. Y como yo no me sé aguantar, le pregunté qué le sucedía. Ella me dio la espalda y me dijo que por qué le preguntaba eso, no le sucedía nada, aparte de que se ponía muy triste cuando recordaba a Olga María. Pero no era tristeza lo que yo había descubierto en su rostro: ella sabía algo que no me quería contar. Tengo esa intuición, niña. Ves que yo no soy paranoica. Y quizás me impresionó tanto porque yo nunca había pensado que la Mercedes pudiera saber algo relacionado con la muerte de Olga María: nada más era su peinadora, como es la mía. La cuestión es que ella se apresuró a cambiar de tema y ya no pude insistir, sobre todo porque había otras clientas, entre ellas la Inés Murillo, que es tan metida y me cae tan mal. Me quedé con el gusanito adentro. Qué fresca esta terracita. No, niña, gracias: ya tomé suficiente café. Pero apenas te he contado el comienzo; lo mejor sucedió después, cuando iba saliendo del salón de belleza y me disponía a entrar a mi carro. ¿Qué creés? Tenía la llanta ponchada. Me dio mucha rabia. Esas cosas siempre me suceden en el peor momento. Me disponía a regresar donde la Mercedes, para llamar al Automóvil Club, cuando el sujeto apareció: se paró a mi lado y me dijo que no me preocupara, que él se encargaría de cambiar la llanta. Lo vi con desconfianza. Le dije que muchas gracias, pero que no se molestara, yo llamaría al Automóvil Club para que ellos enviaran una unidad que se encargara de mi llanta. El sujeto insistió: me dijo que yo perdería más de una hora esperando la unidad del Automóvil Club, él también estaba afiliado y había tenido una experiencia similar un par de semanas atrás. Me fijé más detenidamente en el sujeto: no tenía cara de delincuente, aunque ahora una ya no se pueda confiar, pero además enfrente de nosotros estaba uno de los vigilantes del centro comercial, con tremenda escopeta. Por eso pensé que no corría ningún riesgo y que con seguridad el sujeto cambiaría la llanta mucho antes de que la unidad del Automóvil Club apareciese. Cuando me vio dudar, el sujeto se quitó el saco de lino azul y caminó hacia la parte de atrás del carro, haciéndome señas para que abriera el baúl y él pudiera sacar las herramientas y la llanta de repuesto. Es un moreno, chato, con la jeta ordinaria, pero con su pantaloncito de algodón caqui, una playera blanca Polo y con esos zapatos bostonianos que ahora usa cualquiera. Me dije que se trataba de un espontáneo, quería dárselas de muy caballero y después intentaría sacarme una cita. Ya ves cómo son los hombres, niña. No va a esperar una que hagan ese tipo de cosas desinteresadamente. Y no me equivoqué. Ni había terminado de cambiar la llanta cuando se me quedó viendo con cara de sorpresa, como si me hubiera conocido en algún sitio y hasta ese momento me reconociera. Imaginé que iba a salir con una estupidez, como esos imbéciles que siempre te dicen «¿dónde nos hemos visto anteriormente?»; pero entonces me preguntó si no era yo Laura Rivera. Me le quedé viendo seriamente, con cara de pocos amigos, con ganas de decirle que a él no le importaba quién era yo, que no fuera metido, que se limitara a cambiar la llanta, total yo no le había pedido nada, él había insistido en ayudarme quién sabe con qué intenciones; hasta me dieron ganas de decirle que dejara inmediatamente de tocar mi carro, mis llantas, mis herramientas, que desapareciera en el acto, que yo llamaría al Automóvil Club como debí haber hecho desde un principio. Y estaba a punto de encaminarme donde el agente de seguridad del centro comercial, a pedirle que vigilara con sumo cuidado que ese sujeto sospechoso dejara mi carro tal como estaba, mientras yo telefoneaba desde el salón de la Mercedes, estaba a punto de explotar por el atrevimiento de ese negro chato y trompudo, cuando él mencionó a Olga María. Me dijo así: que yo era la mejor amiga de doña Olga María de Trabanino, que hasta ahora me reconocía, me había visto en varias fotos, en casa de ésta, que don Mario, así lo llamó, había tenido la gentileza de mostrarle. El sujeto hablaba rápidamente, sin darme oportunidad de preguntarle nada, con una expresión que quería ser simpática. Pensé con rabia que sólo a Marito se le podía ocurrir andar mostrando fotos al primero que se lo pidiera. Entonces el sujeto dijo que qué casualidad: él venía al salón de belleza, a entrevistarse con la Mercedes, y que ahora tenía la oportunidad de conocerme, de encontrarme por azar, como si el destino estuviera jugando a su favor. Fue en ese momento cuando comprendí de quién se trataba: no podía ser más que el detective contratado por Diana del que me había hablado Marito. Cabal: la nariz parecía huevo estrellado. Me enfurecí, porque evidentemente ese sujeto había estado buscando la oportunidad de encontrarse conmigo; intuí alguna patraña detrás de ese encuentro supuestamente fortuito. Pero en ese instante me tendió la mano y me dijo que su nombre era Pepe Pindonga, que era un honor para él tener la oportunidad de conocerme, varias personas le habían hablado maravillas de mí. Iba a decirle que se hiciera humo, que desapareciera, pero pudo más mi curiosidad, las ganas de descubrir por qué este detective había decidido venir a interrogar a la Mercedes, por eso no lo despaché en el acto. Me gusta esta terracita; y si tuvieras un licorcito ahora que el calor ha bajado sería requetemejor; un kahlúa, sí. Se lo pregunté, así de sopetón, mientras guardaba las herramientas en el baúl del carro y sudaba a chorros. Me dijo que una de sus hipótesis de investigación —y dijo así, «hipótesis», como si hubiera sido el tal subcomisionado Handal— partía precisamente de ese salón de belleza que yo recién abandonaba. Le quise decir que me parecía una canallada que un farsante como él, un estafador que se hace pasar por detective privado, quiera vincular a una mujer trabajadora como la Mercedes en el crimen de Olga María. Pero ese Pepe Pindonga no me dejó hablar, incontenible, vehemente, gesticulante, como si el mundo se fuese a acabar y él tuviese que pronunciar la mayor cantidad de palabras en el menor tiempo posible. Me dijo que no era conveniente referirse a un tema tan delicado en pleno estacionamiento, que él tenía un enorme deseo de conversar en privado conmigo, para confrontar ciertas informaciones, y que con gusto me contaría la hipótesis del salón de belleza si aceptaba su invitación a tomar un café. Ese Pepe Pindonga no se anda con rodeos, niña, es un peligro, en seguida la envuelve a una, como si fuera un hipnotizador o un encantador. No sé a qué horas entró al auto, se sentó a mi lado y me pidió que pusiera el aire acondicionado a la mayor intensidad porque si no no dejaría de sudar. El tipo es una ametralladora que no para de hablar sobre cualquier tema: dijo que le encantan los BMW, es un admirador de esos carros, aunque nunca haya tenido uno, pero en una de sus etapas de periodista trabajó en una revista especializada en autos, por eso sabe tanto y nadie lo puede engañar. Tuve que callarlo a la fuerza para preguntarle a dónde íbamos. El salón de belleza de la Mercedes está ubicado en el centro comercial Balam Quitzé, ya sabés, por eso propuso que fuéramos al hotel El Salvador; lo que nos quedaba más cerca. Yo dudé: no me hacía ninguna gracia entrar junto a ese sujeto a un sitio en el que seguramente me encontraría a más de un conocido, pero tampoco se me ocurrió otro lugar. Y yo quería saber la historia relacionada con la Mercedes. Ese Pepe Pindonga debería ser locutor en vez de detective: en el breve trayecto al hotel ya me había contado parte de su vida. Durante la guerra vivió en México, donde trabajó como reportero de uno de los principales periódicos de ese país. Me dijo que en una ocasión vino a San Salvador, a hacer un reportaje sobre el extraño suicidio de un capitán de la Fuerza Aérea, una historia truculenta en la que estaban involucrados varios militares, por lo que el tal Pepe Pindonga tuvo que salir en estampida para evitar que lo mataran. Fue en tiempos de la guerra, según él. Todo eso me lo iba contando mientras íbamos para el hotel y yo sin ponerle mucha atención porque lo que me interesaba era que me revelara lo que sabía sobre el caso de Olga María y su hipótesis sobre la Mercedes. Pero no encontré manera de callarlo. Me dijo que regresó a vivir aquí unos meses después de finalizada la guerra, cuando Cristiani ya había capitulado ante los terroristas, como dice mi papá. Trabajó un tiempo en el diario *Ocho Columnas*. ¿Te podés imaginar? Claro, niña, el mismo donde montaron la campaña contra el Yuca. Me quedé demudada cuando me dijo eso. Lo primero que pensé fue que ese farsante lengua larga también formaba parte de la conspiración contra el Yuca. Iba a ponerlo en su lugar, a pedirle que se bajara de mi carro inmediatamente, cuando me preguntó si yo conocía a Rita Mena, la reportera de ese periódico que está encargada de investigar el asesinato de Olga María. Fue el acabose. Le respondí que no, que no tengo ningún interés en conocer a esa clase de ripio, que los periodistas me parecen una raza inmunda, cuervos, zopilotes tras la carroña, moscardones rondando la mierda, y más que nadie esa estúpida reportera del *Ocho Columnas*, cómplice en la campaña contra el Yuca, que sólo porque soy gente educada lo llevaría de regreso al centro comercial, porque yo no tenía ya nada que hablar con él. Me pidió que me calmara, que no me confundiera: él también detesta al *Ocho Columnas*, a toda la gente que trabaja ahí y en especial a Rita Mena; precisamente por culpa de ella él tuvo que salir de ese periódico, que me podía contar cantidad de cosas sobre semejante ratía de albañal. Me convenció de seguir rumbo al hotel cuando dijo que estaba seguro de que Rita Mena y el periódico habían sido parte de una conspiración mayor para sacar de la jugada política al Yuca. Lo dijo de tal manera que parecía estar repitiendo mis palabras. Él no tiene la menor duda de que el crimen de Olga María ha sido utilizado para acabar con el Yuca. Así dijo. Y que si se investigara con rigor el caso, las pistas deberían conducir hacia quienes han sido los principales beneficiados con la muerte política del Yuca. Me quedé helada, niña, porque eso es lo que yo he estado pensando y no lo he podido plantear tan claramente, y porque comprendí que ese detective tiene un

montón de información. ¿Y sabés qué más dijo? Que únicamente a un estúpido o a un malintencionado se le puede
ocurrir que el Yuca u otro amante haya mandado a asesinar a
Olga María, que se trata de un crimen con un objetivo político perfectamente planificado y no de un asunto emocional,
como el tal subcomisionado Handal pretende hacernos creer.
Cabal lo mismo que yo pienso. Le alcancé a preguntar si había
hablado de todo esto y así de claro con Marito. Me dijo que
le pagaban para investigar el crimen y no para hundir en la
depresión a un viudo reciente, que si lo comentaba conmigo
era porque estaba seguro que yo sabía de las correrías de Olga
María. «Correrías», dijo el imbécil, como si aquélla hubiera
sido una cualquiera. Por suerte al entrar al hotel no me encontré con nadie conocido. Y en la cafetería busqué la mesa
del rincón, y me senté de espaldas a la entrada. Me encanta
cómo ha quedado el hotel luego de la remodelación; se ve tan
moderno, tan amplio, tan de buen gusto. El diseño arquitec-
tónico de las boutiques es lo que más me gusta. ¿Sabés que
cuando apenas estaban planificando la remodelación a Olga
María le propusieron que montara una sucursal de su boutique ahí? Pero aquélla pensó que era muy arriesgado. La cuestión es que ya sentados en la cafetería, le pregunté cómo había
conseguido la información sobre la relación entre el Yuca y
Olga María. Me contó que cuando lo echaron del *Ocho Columnas* se fue a trabajar como jefe de comunicación social de
la Academia de Policía. ¿Te imaginás sus contactos? Va bien
avanzado en la investigación. Me reveló cantidad de cosas.
Supuestamente sólo íbamos a tomar un café, pero estuvimos
hablando como cuatro horas: primero en la cafetería, después
fuimos al bar y luego comimos en el ranchón, junto a la piscina. No toma café, ni ingiere alcohol, ni fuma; todo lo contrario a los detectives de las películas. Dice que ya tuvo su
cuota de bebida y de humo, que ya se metió los tóxicos que
le tocaban en la vida. Yo no lo veo para nada viejo; pero
quién sabe qué vida habrá llevado. Pidió un té de manzanilla

y yo una Coca-Cola. Y entonces me contó que Diana lo contrató de pura casualidad, él no la ha visto nunca, sólo un retrato que le mostró Marito; han conversado telefónicamente, eso sí, ya sería el colmo si no. Dice que hace como quince días recibió un fax, en su oficina, allá por el hospital Bloom, cerca de la universidad, por esa zona, no sé, yo me pierdo por esos rumbos. El fax se lo enviaba Diana, desde Miami, y le solicitaba sus servicios para investigar el asesinato de Olga María. Diana no tiene confianza en la policía. Me aseguró que no sabe cómo Diana supo de él y decidió contratarlo. Pero en seguida se metió de cabeza en el caso. Ha tenido acceso a los reportes de la policía, dice. Y yo le creo, niña, porque sabe más que nosotras: se refirió a las relaciones de Olga María con Julio Iglesias, con José Carlos, con el Yuca. Entonces fue que me dejó boquiabierta, cuando me preguntó si yo estaba enterada que mi exmarido había tenido un affair con aquélla. Me tomó tan desprevenida que no hallé qué decirle. Hasta ahora no termino de digerirlo. ¿Te podés imaginar que a Olga María le haya gustado Alberto? No me cabe en la cabeza. Eso fue lo que le dije al detective cuando salí de mi aturdimiento: que me mostrara pruebas para que yo le creyera, que eso era un malentendido o una calumnia morbosa inventada por algún policía. No me alcancé a enojar porque pronto empecé a atar cabos. Y Pepe Pindonga fue contundente, cruel el hombre: me contó que Olga María y Alberto tuvieron por lo menos un par de encuentros antes de que nos divorciáramos. ¡Imaginate! Y yo de estúpida sin darme cuenta. Me detalló que la primera vez fue en casa de Olga María, a la mañana siguiente de una fiesta, que aquél llegó con la excusa de que había olvidado su suéter y que aprovecharon que no había nadie más en casa; la otra vez Alberto pasó a recogerla al salón de belleza. Por eso es que la Mercedes se puso toda nerviosa cuando comencé a hablar sobre Olga María, porque el detective la interrogó hace poco y le sacó la información. Entonces, mientras la cabeza me trabajaba a mil por hora, entreví la «hipótesis» del salón de belleza. Y no me iba a quedar con esa duda. Me respondió que sí, en la línea de investigación sobre los amantes estaba el nombre de Alberto, en especial porque éste ha manejado las inversiones financieras de Olga María y de su familia. A esa altura ya estábamos en el bar, niña, y yo pedí un whisky doble. Me dijo que él ya había hablado suficiente, me había contado todo lo que sabía, ahora era mi turno, debía ayudarlo, darle toda la información para que la confrontáramos y él pudiera avanzar en la investigación. Me preguntó sobre todo lo que vos ya sabés, pero con mucha más precisión que los policías. Lo horrible es que a medida que hablaba me daba cuenta que ese hombre nada más estaba confirmando algo que ya sabía, que en realidad yo no le estaba descubriendo nada nuevo, apenas ratificando los informes que había leído en la policía y las pesquisas que él ha realizado por su cuenta. En verdad me sentía como atragantada, incómoda, por lo de Alberto, y a eso era a lo que yo quería volver, a que me diera más detalles sobre la relación entre mi exmarido y Olga María. Extraño, porque no sentía rabia, ni esa cólera que la ciega a una cuando sabe que ha sido traicionada, sino una especie de tristeza, desazón, como si de pronto nada tuviera sentido. Por eso no lograba entusiasmarme y Pepe Pindonga tuvo que sacarme lo que sabía a cucharadas. Hubo un momento, cuando pedí el segundo trago, en que me dieron ganas de llorar, te lo juro, así me sentía, porque yo siempre le fui leal a Olga María y ahora resulta que aquélla no me tuvo ninguna consideración. Pepe se dio cuenta de mi estado de ánimo, tan considerado el tipo, y me dijo que mejor cambiáramos de tema, me miraba triste, que él no había querido lastimarme al revelarme esa información, pero era mejor que yo lo supiera, si no me podía llevar una sorpresa mayor. Trató de consolarme: que Olga María no había querido hacerme ningún daño al meterse con Alberto, probablemente ella no controlaba esa energía inconsciente que la llevaba a tener affairs con los hombres, que yo la conocía más que nadie y debía perdonarla. Todo esto me decía el Pepe Pindonga. Y yo ya no me pude contener y me salió una lágrima y de ahí otra y otra; todo en silencio, sin escándalo, un llanto triste, melancólico, como si estuviese recordando a alguien perdido hacía mucho tiempo. Por suerte el bar del hotel es oscuro y siempre tienen la televisión prendida, así que nadie se enteró de lo que me estaba sucediendo, sólo Pepe, que me tomó una mano y me la apretó. Bien feo, niña, darse cuenta de esas cosas. Como última defensa le pregunté quiénes eran sus fuentes, cómo había obtenido esa información. Pero Pepe ya me había advertido que no me daría nombres. Y yo imagino que además de la Mercedes, quizás la niña Julia, la sirvienta de toda la vida de Olga María, le pudo haber contado cosas, y las boconas esas de la Cheli y la Conchita, las empleadas de la boutique. Una no sabe. Es increíble cómo una puede vivir engañada por su mejor amiga y por su marido. Aunque lo de Alberto no me importa; al contrario, alguna gracia debe de tener aparte de su facilidad para hacer dinero, si no aquélla no se hubiera involucrado. Conseguime más agua, niña, me he quedado con la boca seca de tanto hablar. Vaya a ser que me vuelva a entrar la tristeza, sobre todo con este atardecer tan nublado. Y te quiero advertir que a Alberto lo voy a llamar más noche, cuando haya regresado de su oficina, para que no piense que soy una imbécil y se puede burlar de mí como si nada. Pepe Pindonga me recomendó que no lo hiciera, para qué remover situaciones que pasaron hace tanto tiempo. Pero no me voy a aguantar. Así se lo dije, cuando ya habíamos salido a comer, en el ranchón, junto a la piscina, que Alberto me las pagará. ¿Vos te quedarías callada, ah? Aunque hace tiempo nos hayamos divorciado, no importa. Pepe dice que tal vez Olga María lo sedujo; pero ningún hombre se va a la cama con una mujer a la fuerza. Mátalas callando resultó Alberto: tal para cual con Olga María. Pepe me dijo que está tratando de hacer un retrato sicológico de ella, eso ayudará a la investigación, porque pese a que está casi cien por ciento seguro de que el crimen buscaba afectar al Yuca, no se deben descartar las demás líneas de investigación. Y me reveló que en los reportes de la policía está mi nombre como eventual sospechosa, debido al romance entre Alberto y Olga María y a mis vínculos con el Yuca. ¿Lo podés creer? Me indigné, niña. No sólo tengo que tragarme el hecho de que mi mejor amiga se haya acostado con mi exesposo, sino que además se tienen sospechas de mí. Es increíble. Hasta se me fue el hambre de la rabia. Tuve ganas de llamar inmediatamente a ese tal subcomisionado Handal para gritarle sus cuatro verdades. Pero Pepe trató de calmarme: yo no era una sospechosa en el sentido estricto, sino que formaba parte de las líneas de investigación secundarias, descartables, nada más de apoyo a la pesquisa central. De cualquier manera es una aberración. Y luego de pensarlo bastante, no estoy de acuerdo con Pepe Pindonga: yo creo que Olga María se llevó a la cama a Alberto con plena conciencia de lo que hacía. Era una morbosa, niña, todo fue que yo le pasara contando cómo mi relación con Alberto estaba hecha un desastre, cómo ese hombre era una inutilidad en la cama, cómo la vida con él era lo más aburrido que podía sucederme, todo fue que le contara eso para que a ella se le antojara probarlo. Eso es lo que pienso. Se propuso probarlo para constatar si lo que yo decía era verdadero. El puro morbo. Y seguramente se dio cuenta que yo no mentía, porque Pepe Pindonga sostiene que sólo tiene información confiable de un par de encuentros. La cabeza no me ha parado de elucubrar en toda la tarde, niña. Horrible: se me ocurren las peores cosas. No he tenido sosiego. Aquí me siento un poco más tranquila. Realmente tu casa está situada en la mejor parte de la ciudad: tenés una vista preciosa, es superfresco, y no está tan alejada de los centros comerciales y de los demás lugares que una necesita visitar. ¿Sabés hasta lo que he llegado a pensar? Que Alberto apresuró el divorcio, aunque yo se lo planteé primero, porque tenía expectativas de iniciar algo con Olga María. No es paranoia, niña. Si todos estuvieron dispuestos a separarse de sus mujeres para involucrarse con ella, ¿por qué Alberto, que además es medio dundo para esas cosas, iba a ser la excepción? Puedo estar exagerando, te lo acepto, pero ahora para mí todo es posible. Es como si de repente me hubieran hecho despertar con una bofetada. Tremendo. Y lo peor es que ahí me tenés de cómplice y confidente de aquélla en todos sus romances: me siento burlada, como estúpida. Con el mugroso de Alberto me las voy a desquitar y lo voy a obligar a que me confiese todo, absolutamente todo, con pelos y señales. ¿Qué se cree ese imbécil? Lo bueno es que ese Pepe Pindonga es un gran conversador, se sabe un montón de historias, y cuando me vio enojada, cambió de tema y me apaciguó. Me estuvo contando un asunto interesantísimo: sus experiencias en una escuela esotérica. Dice que estuvo en una especie de monasterio, en una sierra del centro de México, donde los maestros son viejos indígenas que han experimentado con hongos alucinógenos. Me preguntó si he estado en México. Le dije que sólo de paso: mi papá detesta ese país, dice que los mexicanos son rateros y tramposos, que los aztecas eran unos criminales bárbaros. Por eso nunca me ha llamado la atención; prefiero irme a Miami o a Nueva York. ¿No te pasa a vos lo mismo? La cosa es que ahí estuvimos va de platicar con el detective, junto a la piscina, alargando la sobremesa, a punta de café y té. No sé cómo regresamos al tema de la reportera Rita Mena. Me dijo que ella lo había acusado de acoso sexual y que por eso su situación empeoró en el periódico hasta que tuvo que renunciar. Parece que esta niña es una exagerada, mitómana, desde que cubrió aquel caso de las serpientes, ¿te acordás del gran escándalo, de un maniático que a bordo de un Chevrolet amarillo repleto de serpientes anduvo aterrorizando a la población hace un par de años? Se cree lo máximo la reporterita, por eso cualquiera la puede manipular con facilidad, como hicieron en la campaña contra el Yuca. Ahora está tratando de entrevistar a ese criminal de Robocop para hacer un reportaje que le permita ganar uno de esos premios de periodismo que dan los curas. Eso me dijo Pepe Pindonga. Pero como que el Robocop no le suelta prenda; parece que ese hombre es una tumba, por eso lo escogieron. Ay, niña, ya se está haciendo tarde. Está bien rico en esta terracita, pero no me aguanto por llegar a telefonear a Alberto. La sorpresa que se llevará. Este caso de Olga María cada vez se pone más feo. Da la impresión que no logran encontrar el hilo. Se ve que Pepe Pindonga no es ningún sencillo, pero él mismo reconoce que llega un momento en que no avanza. A propósito, me estuvo preguntando por vos. Sí, Pepe, que si eras muy amiga de Olga María, que dónde trabajás, que cuánta confianza te tengo: el hombre es un metido, te lo adelanto. Yo le dije que ya estaba harta de que me interrogara, que vos sos una de mis mejores amigas y que no me iba a poner a chismear. Pero estuvo va de insistir. No me extrañaría que te quiera entrevistar. Es buena gente. Yo quedé de verlo en un par de días. Me dijo que él se comunicaría conmigo, aunque me dejó su tarjetita. Aquí está por si te interesa. Te aseguro que en cualquier momento te lo vas a encontrar, inesperadamente, como yo, pero una vez que agarra envión una no se lo puede quitar de encima. Fijate que hasta me quedé pensando que el muy cafre ha de haberle sacado el aire a la llanta. Demasiada casualidad, niña. Y yo ya no le puedo creer nada a nadie.

7

LA QUIEBRA

Te estoy llamando a la carrera, niña, porque la cosa está que arde. Hablé con Alberto, hace como una hora, al sólo regresar de tu casa, para pegarle la gran insultada por las cochinadas que cometió con Olga María. Mi intención era no dejarlo ni siquiera defenderse: escupirle a boca de jarro todo lo que supe a través de Pepe Pindonga. Y así lo hice: le dije que era un canalla, un verdadero hijo de puta, cómo había podido traicionar la amistad de Marito, mi confianza; cómo había podido burlarse del matrimonio de nuestros mejores amigos. Le aseguré que esto no se quedará así, me las pagará todas, más le vale andarse con cuidado. Lo agarré fuera de onda, no se la esperaba, y no lo dejé responder ni interrumpirme. Me las saqué todas: miserable, acostarse con mi mejor amiga, traicionar todos los principios, aprovecharse de los que creíamos en él. Le dije hasta de qué se va a morir. Y lo amenacé, además, para que no fuera a creer que yo sólo estaba fanfarroneando: Marito se enterará de esto, y tu familia, le dije, y mi mamá y mi papá, a todo el mundo se lo voy a contar. Y de ribete le advertí que en la policía sospechan de él, que él pudo haber mandado a matar a Olga María para cubrir las cochinadas que cometió con ella, para que ni Marito ni yo nos diéramos cuenta, para salvar su prestigio ante las familias de Olga María y la mía. No sé por qué se me ocurrió decirle eso, niña, pero de inmediato me di cuenta que podía ser cierto, que sin duda una de las hipótesis tendría que apuntar hacia Alberto. Hasta que le dije eso, que no me extrañaría que él hubiera mandado a asesinar a Olga María, hasta entonces logré detenerme a tomar aire. Quedé como exhausta, desahogada, en espera de que Alberto comenzara a mascullar cualquier justificación o más bien que negara de la manera más cínica sus relaciones sexuales con Olga María. Pero Alberto no reaccionaba: al otro lado de la línea no se oía nada, como si hubiera dejado el auricular sobre la mesita y él se hubiera largado a otra habitación. Entonces le grité que no fuera cobarde, que dijera algo, que reconociera que había sido un cerdo, un hipócrita, y que al final de cuentas las cosas le habían salido mal, porque había apresurado nuestro divorcio con la ilusión de poder juntarse con Olga María, eso le grité, que hasta ahora comprendía sus prisas de última hora, marrano, imbécil sobre todo, como si no hubiera conocido a Olga María, como si ésta hubiera estado dispuesta a separarse de Marito para juntarse con el tipo más aburrido del mundo, con el tipo más inútil para coger que hay sobre la tierra, con un estúpido que lo único que sabe es acostarse en la cama con la camiseta y los calcetines puestos a esperar que una se le encarame en medio del peor aburrimiento. Y así agarré un nuevo envión, niña, hasta que sentí que ya no me quedaba nada adentro. Y otra vez me detuve, sin aliento, para tomar aire. Fue cuando descubrí que sí estaba del otro lado de la línea, escuchándome. Creí que en ese momento colgaría. Pero no: sólo alcanzó a farfullar que yo era injusta con él. ¿Te podés imaginar: injusta yo con él? Estúpido. Iba a lanzarle otra andanada, a ponerlo en su sitio, a decirle que la justicia es cosa de seres humanos y no de animales, cuando tuvo una explosión histérica, algo increíble, un tonito de loco que yo no le conocía, y empezó a dar de alaridos, incontrolable, diciendo que dejara de molestarlo con una banalidad como ese chisme de Olga María, que eso no tiene la menor importancia ante la desgracia que ha sucedido, una desgracia por la cual está a punto de que lo metan preso o de que lo maten. Y ahí lo soltó: Finapro está quebrada. Imaginate. Horrible, niña. La financiera ha quebrado. Eso me dijo. Que todo el dinero se fue a la mierda. Todavía no lo puedo creer. Alberto es el vicepresidente. Si él lo dice es cierto. Estaba enloquecido. Me dijo que en vez de estarlo fastidiando con historias estúpidas sobre Olga María, debería ayudarlo, que la policía estaba a punto de llegar a arrestarlo. Me dijo que todo ha sido culpa del Toñito Rathis: ese tipo está loco, niña, quiere ser presidente de todo: de la Finapro, de todas las empresas de la familia, del partido de gobierno, de la selección de fútbol y por supuesto de la república. Eso me dijo Alberto, que Toñito ha hecho un desbarajuste horrible, ocupó el dinero de la financiera para tapar huecos de las otras empresas de la familia, para financiar la campaña electoral del partido, para pagar sus caprichos con la selección de fútbol. Imaginate, niña. Y mañana va a estallar el escándalo en la prensa. Alberto está que se muere de miedo. Se han perdido más de mil millones de colones, increíble, más de cien millones de dólares. ¿Tenés idea? Esto será el acabose. Casi toda la gente que conozco ha invertido en Finapro, miles y millones de colones. Alberto se puso a lloriquear en el teléfono: dijo que a él lo agarrarán como chivo expiatorio, que Toñito Rathis se cree invulnerable, como pertenece a una de las catorce familias. Pobre Alberto, me dio lástima. Dice que no puede escapar del país, ya tiene vigilancia policial enfrente de su casa, hasta me dijo que esa conversación telefónica conmigo estaba siendo grabada. La pura paranoia; no es para menos. Le pregunté qué pasará con la gente que tiene su dinero invertido en Finapro. Me dijo que no sabe, lo más seguro es que lo pierda, todo se ha ido al carajo. Espantoso. Fue cuando se me vino a la cabeza doña Olga: ella tiene su dinero invertido en Finapro, y también el dinero de Olga María quedó allí, y seguramente el de Marito. Ahí se me fue la lástima y le pregunté ya con rabia qué pasará con el dinero de la familia de Olga María, con la herencia de las niñas, con los intereses gracias a los cuales vive doña Olga. ¿Sabés lo que me respondió? Que la situación está fuera de su control, que ésa es apenas una de las familias afectadas por la quiebra, que la mayoría de sus amigos tiene el dinero en Finapro.

Teme que lo maten, porque varios militares retirados, de esos que se hicieron millonarios con la guerra, también invirtieron su dinero ahí. Y así siguió dándome nombres de gente conocida que ha perdido todos sus ahorros, y con el mismo tonito histérico que no le conocía, como si estuviera a punto de caer víctima de un ataque de nervios, pero yo ya me había calentado, niña, sobre todo porque sé que doña Olga metió en esa financiera todo el dinero que le pagaron luego de vender las fincas, y pensé en mis niñas tan lindas que de la noche a la mañana se van a encontrar sin herencia, y ya no le tuve ninguna lástima a ese miserable de Alberto, no sólo canalla, sino que estúpido y cobarde, ineficiente. Y me le dejé ir con cólera: le grité que es un bruto, que ojalá lo maten, por mierdero, que se creía el gran tipazo, el máximo experto financiero, y mirá lo que ha terminado haciendo con el dinero de la gente. Eso le dije: ¿de qué te sirvió ir a estudiar a Estados Unidos esos posgrados, imbécil? Y le advertí que más le vale recuperar el dinero de la familia de Olga María porque si no yo misma me voy a encargar de acabar con él. Fue cuando el idiota me colgó. Más rabia me dio. Volví a marcar varias veces, pero sonaba ocupado; había dejado el aparato desconectado. Entonces lo llamé al celular. Cuando escuchó que era yo, empezó otra vez con su ataque de histeria: que dejara de fastidiarlo con mis tonterías, así dijo, que estaba esperando llamadas importantísimas como para perder el tiempo conmigo. Y volvió a colgar, sin darme oportunidad de desquitarme, de restregarle las cosas horribles que pienso de él, porque no es posible que ese dinero se haya perdido, el dinero no desaparece así porque así, entre ese Toñito Rathis y él se lo han de haber robado, seguramente lo sacaron del país y ahora se hacen las víctimas, como si la financiera hubiera quebrado. Malditos ladrones. Estoy preocupadísima, niña. Tanta gente que va a perder su dinero. Llamé de inmediato a mi papá, que está en la finca, para contarle. Me dijo que él ya lo esperaba, no era posible que estuvieran pagando el 22 por ciento de interés anual cuando los bancos están pagando el diez, algo sucio tenía que haber. Mi papá es así, niña, yo a veces le recrimino que sea tan conservador, pero al final siempre termina teniendo razón. ¿Te acordás que él nos previno que no metiéramos dinero ahí cuando todo mundo estaba con la gran algarabía de que Finapro era lo máximo? Aunque yo de todas maneras no hubiera invertido, para evitar cualquier trato con Alberto. Qué bien hicimos, niña. Y ahora recuerdo que yo le advertí a Olga María sobre lo que me había dicho mi papá, pero no me hizo caso, dijo que eran prejuicios míos contra Alberto. Ahí tenés las consecuencias. La muy ingenua se dejó embaucar, seguramente porque le tenía la máxima confianza a Alberto, y como ya se había acostado con él, todo le pareció bajo control. Brillante idea perder el dinero que les dieron por las fincas que les heredó don Sergio. Me da tanta rabia. Le conté a mi papá lo que había hablado con Alberto, la tragedia de doña Olga y de las niñas, le pregunté si no se podía hacer algo; no es posible que doña Olga se vea en la calle de la noche a la mañana. Yo quería saber lo que pensaba mi papá antes de llamar a doña Olga, porque no me cabía ninguna duda de que Alberto no la había llamado, el muy canalla. Mi papá me dijo que si Alberto no podía hacer nada, nadie más podría. Y me insistió en que, aunque él no tiene mayor información, esa quiebra apesta a fraude gigantesco, una olla de mierda en que se hundirá medio mundo, y Alberto más que ninguno, así me dijo mi papá. Gracias a Dios que me separé de ese imbécil, que no tengo que ver absolutamente nada con él. Imaginate el lío en que estaría. No sé por qué se me ocurrió contarle a mi papá las sospechas que existen sobre Alberto en relación con el asesinato de Olga María. Vos sabés la confianza que tengo en mi papá. Por eso le conté todo, con pelos y señales, tal como me lo dijo Pepe Pindonga. Se quedó callado un buen rato, como pensando, y sólo me recomendó, con tono de preocupación, que ésa es una acusación muy delicada, que la mantenga en reserva. Pero yo tengo la intuición de que Alberto tiene algo que ver con la muerte de aquélla, y que este fraude puede ser el hilo que permita desenredar la madeja. Se me ocurrió en ese mismo instante, caliente como estaba contra Alberto, y así se lo transmití a mi papá: qué tal que Olga María y Alberto se hayan seguido viendo y ella se haya enterado de lo que estaba sucediendo en Finapro. Mi papá tan sólo me repitió que no hablara de eso con nadie. Después de colgar, después de la excitación que me produjo haber llegado a esa conclusión, me quedé helada. Fue como un luzazo. Hasta sentí un gran miedo, como si ese descubrimiento, esa deducción, me pudiera costar la vida. No quise seguir pensando. Mejor telefoneé a doña Olga. Me contestó Sergio. Le pregunté si ya sabía de la quiebra de Finapro. Me respondió que sí, que la bola ya se regó entre toda la gente que tiene su dinero ahí y que doña Olga está descompuesta, con un ataque de hipertensión arterial, que estaban esperando al médico. Fue hace como media hora que llamé. Estoy preocupadísima, niña. Imaginate perder todo tu dinero un mes después de que matan a tu hija. Espantoso. Me da miedo que le pueda pasar algo grave a doña Olga, un infarto o algo así. Ya ves que cuando suceden estas cosas la gente quiere morirse. La pregunté a Sergio si él también tenía su dinero en esa financiera. Me dijo que por suerte no, pero que Marito sí y un montón de gente más. ¿Sabés quién puede perder millones? El Yuca, niña. Eso me dijo Sergio: que hasta el arzobispo, ese español que le cae tan mal a mi papá, puso el dinero de la Iglesia en Finapro. Tremendo en lo que se ha metido Alberto. Por imbécil, prepotente, muy niño sabio. El Yuca lo va a matar, ni lo dudés. Sergio me dijo que la gente está desconcertada, no halla qué hacer; que ni él ni Marito han podido hablar con Alberto, para que les explique. Le conté entonces lo que me dijo, que la situación se les ha ido de las manos, que lo más seguro es que el dinero no se pueda recuperar. Mis pobres niñas: han perdido su patrimonio. Te quiero decir que cuando colgué, la cabeza me quedó dando vueltas a mil por hora. ¿Me entendés? La sensación de que estás a punto de descubrir algo importantísimo, que las piezas comienzan a encajar. ¿Ves el trío? Alberto, Olga María y el Yuca. Pensé que tenía que telefonear a Pepe Pindonga de inmediato. Pero como que el hombre me leyó la mente, porque iba a tomar el auricular para marcar, cuando timbró. Y cabal: era él. Le conté lo del escándalo financiero. Me dijo que ya sabía, en todos lados se comenta, las redacciones de los periódicos están revueltas, sus contactos lo han llamado para darle detalles. Entonces le relaté mi conversación con Alberto, la pérdida del dinero de la familia de Olga María y también los rumores de que el Yuca tiene buena parte de su plata en esa financiera. Me confesó que esto último no lo sabía; y dijo que la situación estaba mucho más peliaguda de lo que él imaginaba. Ahí le solté de plano mis sospechas: que el asesinato de Olga María probablemente tenga que ver con la quiebra de Finapro. Entre más lo pienso más segura estoy, niña. Aquélla se pudo haber dado cuenta de la cochinada que estaban cocinando Alberto y el Toñito Rathis y por eso decidieron deshacerse de ella. Alberto debe de haber abierto la boca más de lo debido, para impresionar a Olga María, así es de estúpido, y cuando se dieron cuenta que ésta tenía relaciones íntimas con el Yuca decidieron eliminarla. Es una explicación lógica. Me asusta, no creás. Claro que son capaces de eso y de cosas peores: si se han robado mil millones de colones. Haceme el favor. ¿Vos creés que se van a tocar los hígados para mandar a matar a alguien? Peor ese Toñito Rathis, un gángster, niña, desde que estaba en la Escuela Americana ya se le miraba lo truculento, aunque iba tres años adelante de nosotras, famita la que se había ganado. Pero ¿sabés lo que me dijo ese Pepe Pindonga, el gran detective? Que le parecía una hipótesis traída de los pelos, sin ninguna prueba, que seguramente yo estoy afectada por lo que está sucediendo y se me ocurren hipótesis rarosas. Semejante imbécil. Le dije que yo no tengo hipótesis, que las hipótesis pertenecen a los policías o a los detectives como él, que no están interesados en descubrir la verdad, porque lo que realmente quieren es alargar lo más posible la investigación para que les sigan pagando. Me pidió que no me sulfurara, no era para tanto. Peor me puse: le grité que cuando por fin tenemos una pista sólida para encontrarle sentido al asesinato de Olga María, cuando finalmente tenemos la posibilidad de resolver el caso, el muy majadero se pone los moños, duda de algo tan evidente, en vez de aportar ideas, en vez de tomar medidas para seguir la investigación. Por eso lo amenacé: o se pone las pilas o voy a telefonear a Diana a Miami para que lo despida por su actitud timorata. Así le dije. Y le restregué lo más importante, el hecho que todo mundo sabe, que Toñito Rathis quiere tomarse la dirección del partido para después convertirse en candidato a la presidencia de la república. Niña, si es la comidilla de todo mundo en el Club y en todas partes. Mi papá me dijo que el mayor beneficiado con la salida del Yuca del partido ha sido Toñito Rathis, que en la próxima convención buscará saltar de la secretaría de finanzas a la dirección y luego a la candidatura. ¿Captás? Lo tengo todo tan claro. Y el imbécil de Pepe Pindonga dudando. Me preguntó cómo es posible que, si el Yuca y Toñito Rathis son enemigos, aquél haya depositado su dinero en la financiera de éste. Le contesté que como él es un pobre gato no entiende nada de negocios, que una cosa es la plata y otra la política, que si Finapro estaba pagando un 22 por ciento anual cualquiera hubiera metido dinero ahí sin importar que el dueño de la financiera fuera su competidor político. Además, niña, ¿quién se iba a imaginar que una empresa de los Rathis quebraría? Nadie. Ni yo lo termino de creer. Una de las familias más poderosas de este país, uno de los apellidos con mayor prestigio. Pero eso no lo puede entender un detective muerto de hambre que vive de su salario. Entonces me di cuenta que de nada servía hablar con Pepe Pindonga, un tipo sin ningún poder sobre las leyes, un pobre diablo al que nada más le están pagando para que le cuente una historia a la chiflada de Diana. Lo que tenía que hacer era llamar a ese subcomisionado Handal, aunque me resulte repugnante, aunque sea un fisgón deslenguado, para contarle lo que he descubierto, para que tome cartas en el asunto. Y le dije a Pepe Pindonga que tenía que colgar. Lo peor fue que no encontraba la famosa tarjetita donde está apuntado el teléfono del policía. Tuve que revolver toda mi habitación hasta que al fin la hallé. Y ¿qué creés? Por más que insistí sólo me repitieron que el subcomisionado anda en una misión especial y que no saben cuándo regresará. En ese momento debía de estar capturando a Alberto, estaba segura, ya ves que la intuición no me falla, porque llamé de nuevo a Alberto para escupirle la verdad que he descubierto, pero sus teléfonos estaban desconectados. Me disponía a salir hacia casa de Alberto, para constatar que lo han capturado, para decirle a Handal que me urge hablar con él, pero en ese instante sonó el teléfono. Era nuevamente Pepe Pindonga. Me dijo que la policía acaba de capturar a Toñito Rathis, a Alberto y a los demás miembros de la junta directiva de Finapro; que esto apenas es el comienzo de algo que parece ser la estafa del siglo. Ya ves que ese Pepe Pindonga trabajó en la Academia de Policía y tiene excelentes contactos que le filtran información. Le pregunté si el subcomisionado Handal participó en la captura. Me dijo que no estaba seguro, pero que era lo más posible, pues como jefe de la dirección de investigaciones tenía que estar presente. Me propuso que nos veamos mañana temprano en la mañana, para que le dé tiempo de hacer algunas averiguaciones, que mi teoría sobre la participación de Alberto y de Toñito Rathis como autores intelectuales del asesinato de Olga María necesita pruebas sólidas, no basta la lógica, menos ahora que los han capturado por un fraude financiero millonario, la gente pensará que se les quiere hacer chivos expiatorios de otros casos. Eso me dijo. Le respondí que investigue lo que le dé la gana, los hechos están ahí, contundentes, yo no necesito ninguna prueba sólida: llevo más de un mes dándole vueltas en mi cabeza, buscando quién podría haber mandado a asesinar a Olga María. ¿Qué se cree ese Pepe Pindonga, que la gente es tan imbécil como él? Haceme el favor: le repetí que tipos que se roban millones de colones son capaces de mandar a matar a cualquiera. Estoy aceleradísima, niña; me siento como electrizada. No he parado de llamar al subcomisionado Handal, pero aún no regresa a su despacho. Por eso aproveché para telefonearte. Ya no pude ver la telenovela. Y los noticieros no dicen nada todavía; tal vez el de las diez traiga el chisme. Quién iba a creer que Alberto terminaría de esta manera. No me lo imagino conspirando, pero de tanto trabajar con el Toñito Rathis seguramente se le pegaron las mañas de éste. Ahorita que cuelgue con vos intentaré otra vez a ver si encuentro al tal subcomisionado Handal. Le voy a decir lo que tiene que hacer, para que no se ande con tonterías, como ese Pepe Pindonga, maricón me salió el tal detective, con lo que me había entusiasmado ahora en la tarde, seguramente le da miedo saber el berenjenal en que puede meterse. Pero el subcomisionado Handal tiene la obligación de investigar el caso, de encontrar a los autores intelectuales; no puede contentarse con haber detenido al criminal, el mugroso Robocop. Por eso lo primero que debe hacer es constatar qué tipo de relación mantuvieron Olga María y Alberto en los últimos meses. Aquélla no me iba a contar nada. Pero es fácil averiguarlo: sólo hay que interrogar a las secretarias, a las ejecutivas, para constatar si Olga María visitaba o telefoneaba con frecuencia a Alberto o al Toñito Rathis. Es el primer paso. Cuando una ha depositado dinero a plazo fijo no tiene por qué estar visitando el banco a cada rato, sino que hace una sola visita o una sola llamada cuando está a punto de terminar el plazo. ¿O no? Esto es lo primero que tiene que confirmar Handal. Yo no sé, niña. Mirá, así como van las cosas, cada vez me sorprendo más. Olga María pudo estar metida a saber en qué, y yo como babosa sin darme cuenta. O la pudieron meter, como quien no quiere, con la mente maquiavélica de Toñito Rathis, en una intriga que culminó con su muerte y con la muerte política del Yuca. Te juro que no acabo de comprender a Olga María. Yo creí que la conocía, pero ahora me doy cuenta que tenía varias personalidades. No me pasa que se haya metido con Alberto. Aquí viene entrando mi mamá, toda agitada. Esperame un segundo, algo me quiere decir. Ya le contaron el chisme. Que medio mundo está como loco, dice. Sí, ya sé, mamá: acaban de meter preso a Alberto. Claro, y al Toñito Rathis. Que no era dinero del Yuca, dice mi mamá, sino de la Kati y de don Federico. ¿Te podés imaginar? Peor para Alberto: pelearse con don Federico Schultz es un suicidio. Que el arzobispo tenía un millón de colones en Finapro. Mi papá estará encantado de saberlo: dirá que está bueno que ese cura pierda el dinero, por codicioso, en el infierno deberían estar todos. Eso dirá mi papá. Te llamaré más tarde, niña, porque mi mamá no me deja hablar con tanta alharaca, y para que me contés el capítulo de hoy de la telenovela. Al rato volveré a intentar comunicarme con el tal subcomisionado Handal. Chao.

8

LA ESTAMPIDA

¡Me viene siguiendo Robocop, niña! Apurate. Abrime. Te lo juro: era él. Metámonos, rápido. Ojalá me haya perdido la pista. Qué angustia. Por suerte lo descubrí a tiempo. Estaba en un auto, estacionado frente a la casa. Deja me sentarme. Me vengo ahogando. Regalame un vasito con agua. Horrible, niña. No es paranoia. Mirame cómo tiemblo. ¿Que no sabés que se escapó ayer en la tarde? Seguramente no has visto los diarios ni los noticieros. A mí recién me lo contó Pepe Pindonga. Sí, niña, regresaba de desayunar con él cuando, antes de llegar a la casa, me fijé en ese auto con los vidrios medio polarizados. Y me pareció extraño que estuviera estacionado cabal frente al portón de la casa. A tiempo lo descubrí. Al 123 es que se llama para emergencias, ¿verdad? ¿Que cómo sé que era él? Como si no le he visto la jeta en los diarios y en la tele, como si no hasta he soñado con él, semejante criminal. Otro tipo estaba al volante, y Robocop a la par. Cuando los descubrí no disminuí la velocidad, sólo agaché la cabeza, como si estuviera sintonizando la radio, y me fui de paso. Y después de dar vuelta en la esquina apreté el acelerador a todo lo que da, pendiente del retrovisor a ver si me venían siguiendo. Te juro que no me detuve hasta que llegué aquí, manejando como loca. Esperame que al fin respondieron. Aló, aló. Quiero hacer una denuncia, señorita. El tal Robocop, el criminal que asesinó a Olga María de Trabanino, estaba hace diez minutos estacionado en la calle Las Magnolias, frente a la casa número 25, en la colonia Utila, en Santa Tecla. ¿Que cómo sé? Yo lo vi. Soy Laura Rivera, la mejor amiga de Olga María. Robocop estaba estacionado frente a mi casa. ¿Que de qué teléfono estoy llamando? Eso no le importa, estúpida. Le estoy diciendo que descubrí hace unos minutos a ese criminal estacionado frente a mi casa, esperándome, vigilándome. Claro que tengo derecho a insultarla. Por su culpa ese tipo se les va a escapar. En vez de estar haciéndome preguntas imbéciles, comuníquese con las patrullas más cercanas para que hagan un rastreo en la zona. ¿Cuál es su nombre? La voy a denunciar con el subcomisionado Handal, por inepta. Si ese criminal logra escapar será por su culpa. ¡Que me diga su nombre le estoy diciendo! ¿Usted cree que estoy para tonterías después de encontrarme con ese criminal enfrente de mi casa? Así me gusta, que reaccione. Es un auto rojo, no sé si Toyota, bastante nuevo, no sé si del año, con los vidrios semipolarizados. Son dos tipos: uno al volante y Robocop. ¿Usted sabe que él escapó ayer de la cárcel? Entonces, apúrese, comuníquese rápido con todas las patrullas, ¿oyó? Tomá el teléfono, niña. Qué mujer más imbécil. Me trata como si yo fuera la delincuente. Me dijo que se llama Yésica Ramírez. La voy a reportar con el subcomisionado Handal. Yésica: haceme el favor. Seguro que es una prieta, chaparra, trompuda y estúpida y se llama Yésica. Dejame ver por la ventana: no vaya a ser que Robocop me haya seguido. ¡Qué bestia! Debí darle tu dirección. Voy a llamar nuevamente. Dame el teléfono. De prisa. Estoy tan nerviosa que no sé lo que hago. Otra vez suena ocupado. Tengo hasta escalofríos. ¿Por qué me estará buscando a mí? ¿Cómo supo mi dirección? Me quiere matar, niña. Estoy segura. ¿Por qué me estaba esperando, pues? Ya contestaron. Aló. Acabo de hacer una denuncia. Hablé con Yésica Ramírez, sobre Robocop, el criminal que se escapó ayer en la tarde. Quiero comunicarme con ella. Me la van a pasar, niña. Mejor de una vez con ella, para que no se descoordinen. ¿Sí? ¿Yésica? Soy yo de nuevo. Mire, le voy a dar la dirección desde donde la estoy llamando, porque si Robocop me siguió seguramente andará por los alrededores. Es en la colonia Escalón, en la séptima calle, entre la 95 y la 97 avenida, número 1.251.

¿Ya se comunicó con las patrullas? Vamos a estar atentas, y si vemos que el auto de Robocop pasa por aquí la llamaré de inmediato. ¿Qué espera? Dése prisa, reporte la dirección a las unidades que andan por esta zona. Adiós. Qué gente, niña. Vamos a ver por la ventana. ¿Y ahora qué hacemos? ¡Las niñas! Dios nos libre. Robocop las debe de querer matar. Son las únicas testigos, las que lo reconocieron. Hay que llamar a Marito. Marcá vos. A mí me tiemblan las manos. Aquí está el número de la agencia de publicidad. Ese criminal es capaz de irlas a buscar al colegio. ¡Cómo no se me había ocurrido! ¿Está ocupado? Intentá a este otro número. Debemos apurarnos a sacar a las niñas de la escuela. ¿No está? ¿Es su secretaria? Pasámela. Mirá cómo me sudan las manos. Habla Laura Rivera. Nos urge controlar a Marito, para que saque a las niñas de la escuela. El criminal que mató a Olga María se escapó ayer en la tarde. ¿Ya vio los diarios? Déme el número del celular y usted llámelo por el bíper. Apuntá, niña: 286-1830. Qué horror. Si ya me tiene controlada a mí, también debe de estar siguiendo los pasos de toda la familia de Olga María, y en especial de las niñas. No contesta. El muy bruto de Marito tiene el celular apagado. Ojalá la secretaria lo encuentre rápidamente. Es que me fui a desayunar con Pepe Pindonga, tal como te conté anoche, para que me revelara lo que ha averiguado acerca de las relaciones de Olga María con Alberto. Nos vimos en el Míster Donuts del Paseo. Y me tenía la noticia de la fuga de Robocop. Traé el diario. Prestámelo: sale en las páginas de más adentro. Por culpa del escándalo financiero de Finapro nadie se ha dado cuenta de que ese criminal anda suelto. Oí: que el tipo se escapó de las bartolinas del Centro Judicial, ayer en la tarde, pero que los vigilantes se dieron cuenta hasta en la noche, cuando pasaron revista a los presos. ¿Podés creer que alguien se escape de la cárcel, caminando como Juan por su casa, haciéndose pasar por otro reo al que iban a poner en libertad? Huele feo. Una conspiración, niña. Y el mismo día en que se descubre el fraude millonario de Finapro. Eso le dije hace un rato a Pepe Pindonga, mientras desayunábamos: que parece que el escape de Robocop ha sido planeado para que coincida con la captura de Toñito Rathis y de Alberto. Llamemos nuevamente a la oficina de Marito, a ver si la secretaria ya lo controló. Y después telefonearé al subcomisionado Handal. Creerás que anoche me resultó imposible encontrarlo. Está metido hasta las cachas en el caso de Finapro, por eso ni me correspondió las llamadas. Seguramente ya se había olvidado de seguir las pistas que conduzcan a los autores intelectuales del asesinato de Olga María, pero el escape de Robocop lo hará poner más atención al caso. Eso le dije también a Pepe Pindonga. Ese teléfono de la oficina de Marito sólo ocupado suena. Yo me lanzaría con gusto por las niñas, pero qué tal si el Robocop está por aquí cerca. Mirá, mirá, ahí va el radiopatrulla. Qué suerte. Si no encontramos a Marito le voy a pedir a la policía que me escolte a la Escuela Americana, para traernos a las niñas para acá. Tenemos que hablarle también a la niña Julia y a doña Olga y a Sergio. Ese maldito puede arremeter contra cualquiera. Al fin entró la llamada. Bueno, habla Laura Rivera. ¿Encontró a Marito? No puedo creerlo. ¿Y nadie sabe dónde está? Siga intentando. Es urgentísimo. Búsquelo en todos los lugares. Vaya pues, adiós. Increíble, niña. Marito sencillamente salió hace media hora, sin decirle a nadie a dónde iba, y dejó su bíper sobre el escritorio. Tan tonto que es: me da rabia. Imagino que debe de estar metido en algún motel con una de esas meseras que tanto le gustan, el muy depravado, mientras Robocop nos amenaza a todas. Te lo puedo apostar. Voy a llamar a doña Olga. ¿Volvió a pasar el radiopatrulla, verdad? Suena ocupado. Tal vez logramos encontrar a Sergio o a la Cuca, para que uno de ellos vaya por las niñas. Pues Pepe Pindonga me dijo que es demasiado pronto para conseguir información sobre las relaciones de Olga María con Alberto en los últimos meses. La policía tiene a los empleados de la financiera virtualmente en cuarentena. Nadie contesta donde Sergio, qué raro, ni la sirvienta está. Voy a tratar con doña Julia. ¿Sabés lo que me dijo el Pepe Pindonga? Que la única manera de saber si el Toñito Rathis y Alberto están detrás del asesinato de Olga María es hablar con el Yuca: éste debe de tener la información que permita atar cabos. Así dijo. Entonces le conté que el dinero que estaba en Finapro no es del Yuca sino de don Federico y de la Kati. Sólo silbó el Pepe Pindonga. Aquí está. Niña Julia, soy Laura, qué bueno que la encuentro. Se escapó Robocop. ¿Ya se dio cuenta, verdad? Me lo encontré frente a mi casa, niña Julia. Estoy que me muero del susto. Preocupadísima por las niñas. Ese bruto no se va a tocar los hígados para matarlas. Ni Dios lo quiera. Pero no encuentro a Marito. No está en su oficina, tiene el celular apagado y dejó el bíper sobre el escritorio. ¿Usted tiene idea dónde puede estar? No sabe. Urge que vaya a recoger a las niñas y las lleve a un lugar seguro. Y usted cuídese, niña Julia. Ese criminal volverá al lugar del crimen. Debe tener cuidado. No le abra la puerta a nadie. Trate de no salir. Dicen que los asesinos siempre regresan al lugar del crimen. Y las niñas, ¡Dios me libre! Tienen que quedarse en la casa de doña Olga o donde Sergio o me las pueden traer a mí si Marito quiere, pero por nada del mundo pueden volver a esa casa hasta que recapturen a ese maldito. ¿Sabe cómo ha seguido doña Olga? Ojalá no le vaya a dar un infarto. Todas las desgracias se juntan. He tratado de llamarla pero suena ocupado. Sergio y la Cuca deben de estar ahí. Cuídese, niña Julia. Ahorita voy a llamar a la policía para que envíen un radiopatrulla a vigilar, porque estoy segura de que Robocop en cualquier momento aparecerá frente a su casa. Es un carro rojo, con los vidrios polarizados. Esté atenta. Y si Marito se comunica, adviértale. Bueno, adiós. Pobre niña Julia. Voy a tratar una vez más con el subcomisionado Handal. Hasta ya me aprendí el número de memoria de tanto que lo estuve marcando anoche. ¿No ha pasado ningún radiopatrulla? Deberías salir a ver si hay algún auto sospechoso estacionado en la cuadra. Bueno, ¿sí? Me urge hablar con el subcomisionado Handal. Mire, señorita, soy Laura Rivera. Lo estoy llamando desde anoche y no lo encuentro. Pero ahora es urgentísimo. Dígale que acabo de ver a Robocop, frente a mi casa. Es el asesino de doña Olga María de Trabanino, el que se escapó ayer de la cárcel. Sí, el mismo. Ya lo reporté al 1 23. Pero me urge hablar con el subcomisionado. Dígale que tengo información importantísima sobre el caso. Y que además tiene que enviar agentes a cuidar a la familia de Olga María, porque ese criminal tiene intenciones de matarlos. Comuníquese con él ahorita mismo, por su sistema interno. Que me llame al número de la colonia Escalón. Mejor se lo doy: 2647982. Apúrese. Adiós. ¿No te animás a salir a echar un vistazo, niña, mientras vuelvo a intentar con el número de doña Olga? No seás miedosa. Por aquí cerca deben de estar los radiopatrullas. Y a vos no te conoce ese criminal. Por fin logró entrar la llamada. Qué suerte. Aló. ¿Cuca? Soy Laura, niña. ¿Cómo sigue doña Olga? Ay, no te puedo creer. Lo supuse. Entonces no le cuenten nada de lo de Robocop. ¿Sí se enteraron, verdad? Qué bueno que le hayan prohibido la televisión y los periódicos. Estoy preocupadísima. Debemos sacar a las niñas de la escuela ahora mismo. Ese criminal anda suelto y tengo miedo de que quiera hacerles daño. ¿Qué creés? Me lo encontré enfrente de mi casa en Santa Tecla. Sí, niña, era él. Estaba estacionado cabal enfrente del portón. Por suerte lo vi desde antes y me fui de paso. No sé si me siguió. Ahorita estoy en la Escalón, pero tengo miedo de salir. Por eso he estado llamando a Marito para que vaya por las niñas. No se le encuentra por ningún lado. ¿Y Sergio no podrá ir? Llamalo a su oficina. Es cosa de vida o muerte. Tengo el presentimiento que ese canalla tratará de arremeter contra ellas. Acordate que son las principales testigos. No sé, niña, por qué me habrá buscado a mí. De lo único que estoy segura es que era él. Ya telefoneé a la policía. Los radiopatrullas rondan la zona. Aun así me da miedo salir. ¿Vos te vas a tener que quedar cuidando a doña Olga? Dámele saludos. Y que no se entere de nada. Le haría tremendo daño saber que ese criminal anda suelto. Llamame después de que hablés con Sergio. Para que yo esté tranquila. Le quiero pedir al subcomisionado Handal que mande a vigilar la entrada de la Escuela Americana. Estamos en contacto. Chao. ¿No te animaste a salir? Tenés razón. Esperemos un rato. Voy a dejar el teléfono en paz por si Handal intenta comunicarse. Qué pesadilla. Todo se ha juntado: la pérdida del dinero de Olga María, la captura de Alberto, la enfermedad de doña Olga, el escape de Robocop. Parece que estoy en una película. Y al criminal se le ocurre buscarme a mí. Necesito un té de tila, para calmar los nervios. ¿Me lo prepararás? Voy a llamar a mi papá. No sé qué hacer. Sí, aún está en la finca; regresará hasta hoy en la tarde. Mi mamá está en el salón de belleza. Lo único que hará es preocuparse y meter las patas. Aló. Me comunica con mi papá, Filo. Gracias. Ay, papito, no sabés lo que me ha pasado. Ese criminal, Robocop, el que mató a Olga María, escapó ayer de la cárcel y me lo encontré hace un rato enfrente del portón de la casa. Estoy asustadísima. Me vine para acá arriba, para la Escalón. Ya llamé a la policía y los radiopatrullas rondan la zona. Pero no entiendo, ¿por qué me buscó a mí? Espantoso, papito. Me voy a quedar aquí, sí, no se preocupe. Lo que más temo es que ataque a las niñas, a las hijas de Olga María. Ya ve que son las únicas testigos. ¿Usted viene hasta en la tarde? En cuanto me logre comunicar con el subcomisionado Handal le voy a pedir que venga aquí y me escolte personalmente a la casa. No lo he podido encontrar: es que también está a cargo del caso de Finapro. Pero espero que ahora sí se comunique conmigo, porque la huida de Robocop es una derrota para él. Esté tranquilo, papito, no saldré sola. Le mando muchos besos. Chao. ¿Ya está hirviendo el agua, niña? Haceme el té cargado, con dos bolsitas, para que me pegue. ¿Por qué no habla nadie, ni el subcomisionado Handal ni Marito? Tengo tanta ansiedad. Nunca me había pasado algo así. Mirá lo que desató la muerte de Olga María. No puedo creerlo. Le voy a echar bastante azúcar: dicen que lo dulce ayuda a quemar la adrenalina. Lo leí en una *Vanidades*. Vamos a la ventana. Yo lo que quiero es que un radiopatrulla se estacione aquí enfrente, para que ese criminal no tenga la menor duda de que si se acerca lo capturarán. Sólo así me sentiría segura. Pero los policías deben de estar en los alrededores. Tenés razón. Qué bruta soy. No lo quieren alertar. ¡Al fin! Yo contesto. Aló. ¿Subcomisionado? Tengo un día de estarlo buscando. ¿Qué le pasa? ¿Dónde se ha metido? Me urge hablar personalmente con usted. Claro que me lo encontré. Todavía lo duda. Era Robocop, enfrente de mi casa, en Santa Tecla. Pero también quiero hablar de otras cosas con usted: de la relación entre la quiebra de Finapro y el asesinato de Olga María. Mejor se lo explico personalmente. ¿Viene para acá? ¿En cuánto tiempo? Yo no pienso salir con ese sicópata al acecho. Venga lo más rápido que pueda. En media hora. No me moveré; ni loca. Pero que sus agentes estén lo más cerca posible, porque si ese criminal aparece no quiero que ni tenga tiempo de tocar la puerta. Y lo más importante, subcomisionado: tiene que enviarle seguridad a las niñas, a las hijas de Olga María. Están en la Escuela Americana. Robocop intentará hacerles daño. Yo lo sé. Tiene que ponerles seguridad permanente. Es su responsabilidad. Lo espero. Adiós. Este imbécil tiene dudas de que yo haya visto a Robocop. Se lo noté en el tonito. No lo insulté porque necesito que venga, no quiero darle excusas para que me deje plantada; pero no me termina de creer que Robocop haya estado esperándome enfrente de la casa. Ya le vas a tener que cambiar el forro a este sillón; está bien gastado. ¿Dónde se habrá metido Marito? Llamá de nuevo a la agencia. No, esperate. Voy a telefonear a Pepe Pindonga, tal vez ya llegó a su oficina. ¿Qué estás viendo, niña? ¡Dios mío! ¡Ése es el carro! ¡Te lo aseguro! ¡Ése es el auto de Robocop! ¿Lo viste? ¡Está aquí! ¡Llamemos al 123! ¿Se fue de paso? Pero era él. Suena ocupado. ¿Qué hacemos? ¿Iba sólo el conductor, decís? No me fijé. Sólo vi la parte de atrás. Pero pasó bien despacito, como si estuviera averiguando cuál es la casa. Y yo dejé mi auto ahí enfrente. Qué estúpida. Debí haberlo metido. Seguro que ya lo reconoció. ¡Me siguió, niña! Yo lo sabía. Marcá otra vez el 123 o el teléfono de Handal. Dios mío. Hacete a un lado, no sea que vuelva a pasar y te descubra en la ventana. ¿Estás segura que nada más iba el conductor? Peor, niña. Eso significa que Robocop ya se bajó del auto y está por aquí cerca. No vayás a abrir la puerta por nada del mundo. Echemos doble llave. ¿Ya contestaron? Pasámelo. ¡Rápido, es una emergencia, necesito hablar con Yésica Ramírez! ¡Apúrese, que el criminal está aquí afuera de la casa! ¡Yésica: Robocop está aquí! ¡Alerte a las unidades! ¡El carro rojo de Robocop acaba de pasar frente a la casa! No, no se detuvo. Y sólo iba el conductor. Eso quiere decir que Robocop está escondido aquí mismo, por la entrada de la casa, en espera de que yo salga. No, no lo he visto, pero sé que está ahí. ¡Que vengan de inmediato! ¡¿Me oyó?! Mujer más imbécil. Me pregunta si lo he visto. Quiere que salga a la calle para que ese criminal me dispare. Ay, niña, qué espanto. Recemos. Yo sé que ese hombre está aquí afuera. Lo presiento. ¿Por qué no vienen las radiopatrullas? Esa estúpida no las ha llamado. Ya deberían estar aquí. Y el subcomisionado Handal, ¿por qué se tarda tanto? No me han querido dar el número de su celular. La secretaria dice que no tiene, que únicamente se comunican por los radiotransmisores internos. Pero es mentira: dónde se ha visto que un jefe de policía no tenga teléfono celular. Me voy a servir más té. ¡Oí, oí! ¡Un carro se acaba de estacionar enfrente! Mirá por un ladito de la ventana. ¡Ay, me tropecé en esta mesa de mierda! ¡Idiota! Me golpeé durísimo en la mera rodilla. ¿Es la policía? Dejame ver. Hacete a un lado. ¡Dios mío! ¡No puede ser! ¡Es el carro de Robocop! ¡¿Dónde están los policías?! ¡¿Qué esperan?! ¡Vienen los dos que estaban esperándome frente a la casa en Santa Tecla: Robocop y el chofer! ¡Miralos: se están bajando! ¡Y vienen para acá! ¿Qué podemos hacer? ¡Dios mío! ¡No es chofer: es una mujer! La cómplice, niña. Pasame el teléfono. Metámonos al fondo, vaya a ser que comiencen a disparar contra la puerta y estas ventanas. ¡Corramos! El 123 suena ocupado. ¿Por qué los policías no los detienen? No se oyen más autos ni sirenas. ¡Están tocando el timbre! ¡Estamos perdidas! ¡Dejame marcar el número del subcomisionado Handal! ¡Ni loca se te ocurra ir a abrir la puerta! ¡Siguen tocando esos criminales! ¡¿Qué hacemos?! ¡El número de Handal también suena ocupado! ¡Nos van a matar, niña! ¡No tenemos por donde escapar! ¡No dejan de tocar el timbre! ¡Saben que estamos aquí! ¡¿Por qué no viene el subcomisionado Handal?! ¡Están aporreando la puerta! ¡Oí: es la mujer del pelo corto, la cómplice de Robocop, la que parece hombrecito! ¿Qué dice? ¡Poné atención! ¡Gritan mi nombre! ¡¿Qué les pasa?! ¡¿Creen que vamos a abrirles, que nos van a engañar?! ¡Esos criminales están locos! ¡Dejame marcar de nuevo el 123! ¡Aló! ¡Aló! ¡Es una emergencia: comuníqueme con Yésica Ramírez! ¡De prisa! ¡Yésica! ¡Llame a las patrullas inmediatamente: Robocop está aquí, tratando de tirar la puerta de la casa! ¡No entiendo por qué los policías no vienen a detenerlo! ¡Lo acompaña una mujer! ¡Escuche cómo le dan de golpes a la puerta! ¡Me quieren matar! ¡Auxilio! ¡¿Cómo quiere que me calme si esos criminales están aquí afuera?! ¡En cualquier momento tirarán la puerta! ¡No voy a colgar hasta que escuche las sirenas! ¡Sólo las sirenas los van a espantar! ¡Y comuníquese con el subcomisionado Handal! ¡Me dijo que venía para acá! ¡¿Qué le pasa a ese imbécil que no se apresura?! ¡No cuelgue! ¡Llame por otras líneas, como sea! ¡Que no cuelgue le digo: solamente así me siento un poco segura: si ellos entran a matarme usted podrá escucharlo! ¡Siguen tocando la puerta! ¡Están a punto de derribarla! ¡Y la mujer me llama por mi nombre! ¡Dios mío! ¡Las sirenas! ¡Aquí se acercan! ¡Gracias, Yésica, me ha salvado! ¡Adiós! Ya están las sirenas enfrente. Han dejado de tocar la puerta. Seguramente los criminales están tratando de escapar. Acerquémonos con cuidado, niña. En cualquier momento puede comenzar la balacera. Apagaron la sirena. Quizás ya los capturaron. Se oyen voces afuera. Espiemos por la ventana. Ojalá se los estén llevando. ¡Mirá, qué increíble: los policías están conversando con los delincuentes! ¡¿Por qué no los encañonan, los esposan y los encierran en el radiopatrulla de una vez?! ¡Miralos: vienen para acá, como si fueran viejos conocidos! No entiendo, niña. Eso me huele mal. Algo raro está pasando. ¡Tocan el timbre de nuevo! ¡No les vayamos a abrir! ¡Deben de estar confabulados! ¡Por eso se escapó ese criminal, porque los policías lo apoyan! ¡Es la única explicación! ¡Mantengámonos calladas! ¡Ya sé lo que quieren: cuando abramos la puerta, confiadas por la presencia de los policías, Robocop nos acribillará y después dejarán que se fugue! ¡Es todo un plan para acabar con nosotras, para que no digamos lo que hemos descubierto! ¡Seguro que Robocop y estos policías trabajan para el Toñito Rathis y Alberto! ¡Viene otra sirena, niña! ¡Ya se les arruinó el plan! Han dejado de tocar el timbre. Acerquémonos de nuevo a la ventana. No te asomés mucho. ¡Es el subcomisionado Handal! ¡Qué bueno, ya nos salvamos! ¡¿Pero qué pasa?! ¡También platica con los criminales como si fueran viejos amigos! ¡Hoy sí estamos perdidas! ¡Nos van a matar! ¡Handal es el que está detrás de toda la operación! ¡Debí suponerlo! ¡Miserable corrupto! ¡Qué angustia! ¡Se han aprovechado de que estamos solas! ¡Auxilio, papito! ¡Están tocando de nuevo! ¡Es la voz de Handal! ¡¿Qué hacemos?! ¡Van a tirar la puerta! ¡Ya no aguanto, niña! ¡No tenemos salida! ¡Ese turco Handal es un traidor! ¡No permitamos que nos maten aquí adentro! ¡Nuestra única posibilidad es llegar a la calle, que los vecinos nos vean, que sepan que hemos sido capturadas con vida! ¡Voy a abrir la puerta y salimos en carrera, a los gritos! ¡¿Estás lista?! ¡Ahora! ¡¡Handal traidor!! ¡¡Socorro!! ¡¡No nos maten!! ¡¡Criminales!!

9

LA CLÍNICA

Qué suerte que te dejaron entrar, niña. Me han tenido incomunicada. Sólo mis papás tienen permiso de visitarme. La verdad que me la he pasado dormida la mayor parte del tiempo. Llevo casi tres días aquí y ni los he sentido. Quien viene a cada rato es el doctor Romo, tan comprensivo. Dice que me repondré pronto, que sufrí una crisis nerviosa, culpa de tanta presión por el asesinato de Olga María y la fuga de Robocop. Suerte que vos lograste escapar, si no te hubieran encerrado aquí también. Yo no recuerdo nada desde que salimos en estampida y aquellos policías se nos echaron encima. Miserables. Me sedaron, pasé un día dormida, me explicó el doctor Romo. Mi papá está muy preocupado. Dice que me tendré que ir del país para descansar y reponerme, que necesito otros aires, olvidar todas estas desgracias. Lo peor es que al nomás despertarme me volvió la preocupación por las niñas y por lo que pueda hacerles Robocop. Imaginate: me despierto después de un día de permanecer dormida bajo efecto de los sedantes, en una cama extraña, en una habitación desconocida. Creí que me habían secuestrado, que Robocop y el tal subcomisionado Handal se habían visto imposibilitados de liquidarme enfrente de los vecinos y por eso me habían traído a este sitio. Fue en ese momento cuando entró la enfermera: yo estaba de pie, hurgando en los armarios, revisando las medicinas sobre la mesa de noche, espiando a través de las persianas, dispuesta a escapar. Me asusté un mundo cuando escuché que la puerta se abría; creí que eran ellos. La enfermera también se sorprendió al verme de pie. Me dijo que me acostara, que aún no me había repuesto, que tenía que guardar reposo absoluto. Eso fue ayer a media mañana. Yo la atiborré de preguntas: que dónde estaba, quién me había traído, quiénes me habían visitado, a qué horas podía abandonar este lugar. La pobre no supo qué responderme, pero entonces mi mamá apareció detrás de ella. Me abrazó, llorando, como si yo hubiese resucitado; me pidió que me acostara de nuevo y le dijo a la enfermera que llamara al doctor Romo para que viniera a revisarme. Me sentí horrible, niña. Le advertí que de ninguna manera permitiría que el doctor me viera en esas fachas. Y me metí al baño, a lavarme la cara, a peinarme, a ponerme mínimamente presentable. El doctor es tan elegante, tan distinguido, y no iba a recibirlo como si fuera sirvienta. Dios guarde. Ya te he hablado cantidad de él: tengo tres años de visitar su consultorio una vez al mes. Por suerte mi mamá me trajo algunas de mis cosas y pude medio arreglarme, aunque este pelo, niña, si no voy al salón de la Mercedes, me queda espantoso. Pero ¿qué creés? El doctor Romo se tardaría un rato en venir, así que no tuve más remedio que escuchar la versión de mi mamá. Dijo que sufrí un agudo ataque de paranoia, por eso confundí a Robocop con una pareja de periodistas que me esperaban frente a la casa. Yo no le creí. Mi mamá se traga cualquier píldora que le vendan. Me dijo que no me preocupara por las niñas: la policía asegura que el tal Robocop ha abandonado el país, creen que se fue a Honduras, que no corremos ningún riesgo. Eso le dijeron Handal y sus secuaces. Fue cuando le pregunté quién y cómo me trajo a esta clínica. Según ella, cuando salimos en estampida, mis nervios no aguantaron y caí desmayada entre los policías. ¿Vos te diste cuenta? Para mí que esos canallas aprovecharon la tremolina para darme un golpe o meterme alguna inyección narcótica. ¿Por qué no recuerdo nada, pues? El caso es que cuando me desmayé, Handal llamó a la casa y mi mamá le dijo que me trajera a la clínica del doctor Romo. Pero ya no seguí hablando de eso con mi mamá, sobre todo después de que me salió con la cantaleta de que si yo fuera más seguido a misa, si tuviera una vida más religiosa, no sufriría de mis nervios. Cuando se pone así conmigo la detesto. Por eso le cambié de tema. Le pregunté sobre la telenovela brasileña. Vieras cómo me da rabia estarme perdiendo los últimos capítulos. El doctor ha ordenado que no vea televisión durante una semana: dice que las noticias pueden afectarme. Y no ha cedido, aunque yo le haya jurado que no veré más que la telenovela. Por suerte mi mamá me la ha estado contando: lo único que quiero es que a Holofernes, papaíto más rico, no lo vayan a matar. En ésas estaba mi mamá, resumiéndome el capítulo de la telenovela que me había perdido, cuando entró el doctor Romo. Tan elegante ese hombre, niña, qué porte, y guapo. De entrada le dije que me sentía horrible, que nunca hubiera querido que me viese en esas condiciones, sin peinarme ni maquillarme como se debe. Me respondió que estaba guapísima, que hasta mi rostro cansado era encantador. Un hombre así la desarma a una. Y yo siempre lo había visitado en su consultorio, donde nada más conversábamos. Pero ayer, luego que le pidió a mi mamá que nos dejara a solas un momento, cuando comenzó a revisarme, y sentí sus manos sobre mi cuerpo, te juro que me excité un montón. Tremendo, niña, me estaba mojando mientras él me tocaba para chequear mi presión arterial, el pulso y todo lo demás. Me dieron ganas de meterlo ahí mismo en mi cama. No sé, quizás tanto descanso, o a causa de alguno de los medicamentos, lo cierto es que sentía una ansiedad entre las piernas. Me estaba deshaciendo. Y el hombre que se enteraba de todo, porque de inmediato dejó de tocarme, dijo que me encontraba mejor pero que necesitaba una semana de reposo absoluto para recuperarme totalmente. Hubo un momento, te lo juro, en que estuve a punto de meterle la mano entre las piernas, para sobarlo; tuve unas incontrolables ganas de comérmelo. Por eso él se alejó, en su mejor estilo profesional. Comentó que el ataque fue serio, no debo tomarlo a la ligera, pero que conversaremos hasta que me haya recuperado. Yo quise retenerlo, preguntándole sobre las medicinas, sobre la relación entre lo que él llama mis tendencias esquizoides y el ataque de paranoia. Nada más me dijo que las presiones han tenido la culpa; yo no he logrado superar la muerte de mi mejor amiga y la fuga del criminal desató la crisis. Eso fue lo que me explicó. Y luego dijo que tenía que retirarse, que me revisaría nuevamente hacia el final de la tarde. Desde entonces siempre ha venido acompañado de una enfermera, como si fuese su escolta. Yo he estado tentada de decirle que necesito hablarle a solas, pero tampoco he vuelto a tener un arrebato de excitación semejante. Al menos cuando estoy despierta, porque esa misma tarde tuve un sueño extrañísimo con el doctor Romo: estábamos en los servicios sanitarios de un aeropuerto, no sé cuál, y yo le bajaba el pantalón y los calzoncillos, y el doctor se dejaba hacer mientras yo con la palma de mi mano sobaba sus huevos, y en el momento en que me agachaba para chuparlo, Olga María aparecía detrás de nosotros, increpándome por mi conducta en un lugar público, y después me rodeaban Pepe Pindonga, el subcomisionado Handal, el Yuca y Alberto, amenazantes, con todas las intenciones de capturarme por faltas a la moral pública, y cuando busqué la ayuda del doctor Romo, éste había desaparecido. Ahí me desperté, bien asustada. Vaya sueñito de la tarde, por eso quizás ya no se me ha vuelto a antojar de la misma manera el doctor Romo. Pero te estaba contando de la mañana. Cuando el doctor se fue, mi mamá entró otra vez y me advirtió que el tal subcomisionado Handal ha tenido intenciones de meterse a mi habitación. Según ella, en cuanto sepa que he recobrado el sentido, el polizonte intentará entrevistarse conmigo. Pero hay órdenes estrictas en la clínica de que no le permitan pasar. Sólo con una orden judicial, dijo mi papá. Ni loca quisiera verle la jeta a ese majadero. Si se entera de todo lo que he descubierto sobre las relaciones entre Olga María, Alberto y Toñito Rathis, quién sabe de lo que sea capaz. Y peor después de lo que me contó Pepe Pindonga.

¿No te lo he dicho aún? Pues ayer en la tarde, luego del sueño raroso con el doctor, cuando abrí los ojos, ¿quién creés que estaba sentado en esa misma silla haciéndose el simpático? Yo creí que todavía estaba soñando, hasta que el famoso detective me saludó y preguntó por mi salud. Al principio me encabroné, vaya cafre, meterse sin autorización a mi habitación. Le dije que saliera inmediatamente, que no fuera irrespetuoso, yo estoy enferma y el doctor me ha prohibido estrictamente hablar con imbéciles. Así le dije, para que no le cupieran dudas. Y le advertí que si no salía de inmediato yo comenzaría a gritar. Me suplicó que me calmara, si había hecho el esfuerzo de verme era para contarme algo que me interesaría. Me entró la curiosidad, porque evidentemente ese Pepe Pindonga había averiguado nuevas cosas sobre el caso de Olga María. Le pregunté cómo había hecho para poder entrar a la habitación. Me respondió que sobornó a una enfermera, pero no me quiso revelar el nombre. Yo estoy segura que usó otra artimaña. ¿Sabés que mi papá ha puesto a un tipo de su seguridad personal a cuidar la puerta de esta habitación? ¿Cómo pudo pasar ese Pepe Pindonga, ah? Por él me he enterado de que los periodistas que estaban frente a la casa eran la reportera Rita Mena y un fotógrafo al que apodan el Zompopo. Pepe dice que yo confundí al Zompopo con Robocop: tienen el mismo tipo de cabeza cuadrada y sentados dentro de un auto, sin verles el cuerpo, resulta fácil equivocarse. Le terminé de creer este mediodía, cuando la enfermera me informó que una periodista del *Ocho Columnas* ha intentado verme, pero le han dicho que tengo prohibidas las visitas. Pepe me explicó que esa mequetrefe me quiere entrevistar con relación al caso de Olga María: está escribiendo un reportaje sobre Robocop y ahora que la bestia ha escapado ella tiene prisa por terminarlo. Ratía inmunda, ¿cómo se le ocurre que voy a querer hablar con ella después de lo que le hizo al Yuca? A propósito, Pepe se entrevistó con el Yuca y le comentó mi idea de que Alberto y Toñito Rathis están detrás del crimen de Olga

María. Quedó atónito. Así me dijo Pepe: que el Yuca abrió tremendos ojos y le preguntó de dónde había sacado yo semejante idea. Di en el clavo, niña, estoy segura. El Yuca no sabía del affair entre Olga María y Alberto, ni le dio más información a Pepe Pindonga, pero por la reacción que tuvo, acerté. Me imagino que el Yuca tratará de llamarme en cualquier momento, pero tampoco me pasan llamadas telefónicas, por disposición del doctor. Ojalá el Yuca se anime a venir. Le he dado la pista clave para que sepa quiénes están detrás del complot en su contra. Y ahora, con el escándalo por la quiebra de Finapro, lo tendrá todo clarísimo. Como yo. El único que no quiere entender es el tal subcomisionado Handal. ¿Cómo va a entender si forma parte de la conspiración? Seguramente ha estado recibiendo dinero del Toñito Rathis: por eso dejó escapar a Robocop, por eso quiso estar presente durante la captura del Toñito, para garantizarle el mejor trato. ¿Sabés con lo que ha salido ahora, según me contó Pepe Pindonga? Se ha puesto a investigar a los oficiales que durante más tiempo fueron jefes de Robocop en el batallón Acahuapa durante la guerra. Únicamente a alguien interesado en confundir se le puede ocurrir semejante estupidez. Y resulta que uno de los jefes de Robocop, un tal mayor no sé qué, una vez terminada la guerra se dedicó a brindar servicios de seguridad a empresarios y agricultores importantes, uno de ellos mi papá. ¿Te podés imaginar en lo que anda perdiendo el tiempo ese polizonte? Y como no se atreve a entrevistar a mi papá, porque se metería en tremendo problema, entonces quiere hablar conmigo para averiguar si sé algo de ese mayor no sé qué, quien podría haber contratado a Robocop para cometer el asesinato de Olga María. Imbécil. Yo no recuerdo bien a ese mayor, lo habré visto un par de veces, cuando visitaba a mi papá, si es que se trata del mismo hombre; quizás sea uno que hasta se lo presenté a Olga María, de pura casualidad, porque ella llegó a mi casa cuando él esperaba en la sala. No me extrañaría que Handal ahora tratara de desviar la investigación hacia mí para obligarme a callar todo lo que sé. Fácil, niña: puede decir que Robocop fue contratado por ese mayor no sé qué, por órdenes mías, porque yo me estaba disputando al Yuca con Olga María. Esos malditos son capaces de decir que yo mandé a asesinar a mi mejor amiga en un pleito por un hombre, como si el Yuca valiera semejante precio. Te lo juro: son capaces de afirmar cualquier cosa: que yo le tenía envidia a aquélla, que estoy bajo tratamiento siquiátrico, que ella era como un alter ego del que me tenía que deshacer, que el Yuca siempre ha sido el hombre de mi vida y no me hacía caso por culpa de Olga María, que le guardaba resentimiento porque ella destrozó mi matrimonio con Alberto, que yo la odiaba porque siempre me trató con desprecio, cualquier tontería. Me da rabia pensar en todo el dinero que se gasta manteniendo a esa recua de policías corruptos. Ahora verás que harán todo lo posible por desviar la investigación del crimen de Olga María de aquellas pistas que conducen hacia las operaciones fraudulentas de Alberto y el Toñito Rathis. Porque Pepe Pindonga me reveló otro chisme que termina de redondear el asunto: resulta que el dinero de Finapro lo utilizaron para pagar una deuda que Toñito y su grupo tenían con el Cartel de Cali; es lo que se dice en los corrillos de la policía y de los periódicos: el dinero de los ahorrantes no se lo robaron para la campaña electoral, ni para los viajes de la selección de fútbol, ni para tapar los huecos de las otras empresas de los Rathis, sino que se lo robaron para saldar deudas entre narcotraficantes. ¿Te acordás de aquel escándalo por un millonario cargamento de cocaína que fue capturado en un contenedor en el Puerto de Acajutla, en las instalaciones de una compañía naviera de la que Toñito Rathis era accionista? Ahí está la clave, niña. Quién sabe de lo que se habrá dado cuenta Olga María, por eso la mataron, por metida, por acostarse con quien no debía. Esto mismo le comenté a Pepe Pindonga, antes de pedirle que se retirara, porque me sentía cansada, más bien descorazonada, deprimida. Horrible, niña, con el crimen de Olga María sucederá lo mismo que sucede con todos los crímenes en este país: las autoridades no descubrirán nada y la gente se olvidará del caso. En eso me quedé pensando cuando se fue Pepe Pindonga. Bien feo lo que siento: entre tristeza y rabia. Quisiera poder hacer algo para que todo mundo sepa que Toñito Rathis y Alberto tienen que ver con la muerte de aquélla. Pero desde aquí estoy frita. Por eso no sé si voy a aguantar tanto tiempo encerrada. Quisiera poder salir ya, para hacer la gran bulla. Aunque quizás nadie querrá apoyarme, ni siquiera el Yuca, ya ves que los políticos tienen otros intereses. Y mi papá tampoco me dejará. Peor con la molestadera que le ha agarrado a mi mamá: dice que estoy grave de los nervios, que no me encuentro bien de la cabeza, que desde que murió Olga María permanezco alterada, que me la paso hablando sola, que siempre salgo sin compañía como si no supiera que ando con vos. Dice que está muy preocupada. La cantaleta de siempre. No tendré más remedio que largarme del país, como me han recomendado, tomar unas largas vacaciones, sobre todo si el tal subcomisionado Handal pretende comenzar a fastidiarme con el mayor no sé qué. Quién quita y me voy a Miami, donde Diana. Tal vez ella me apoye y desde allá podamos hacer algo, pero sin ese basurita de Pepe Pindonga. Todo es posible. Lo que me preocupa es qué será de vos durante mi ausencia, con quién platicarás, con quién saldrás para no aburrirte. Si sólo Olga María estuviera…